L'homme qui ne pouvait vivre sans sa fille

DU MÊME AUTEUR

Le Psychiatre, Québec Amérique, 1995.
Le Golfeur et le millionnaire, Québec Amérique, 1996.
Le Livre de ma femme, Québec Amérique, 1997.
Le Millionnaire, Québec Amérique, 1997.
Les Hommes du zoo, Québec Amérique, 1998.
Le Cadeau du millionnaire, Québec Amérique, 1998.

Marc Fisher

L'homme qui ne pouvait vivre sans sa fille

Données de catalogage avant publication (Canada)

Fisher, Marc, 1953-

L'homme qui ne pouvait vivre sans sa fille

ISBN 2-89111-842-1

I. Titre.

PS8581.O24H64 1999 C843'.54 C99-940478-4
PS9581.O24H64 1999
PQ3919.2.P575H64 1999

Maquette de la couverture
FRANCE LAFOND
Infographie et mise en pages
SYLVAIN BOUCHER

Libre Expression remercie le gouvernement canadien (Programme d'aide au développement de l'industrie de l'édition), le Conseil des Arts du Canada et la Société de développement des entreprises culturelles du soutien accordé à ses activités d'édition dans le cadre de leurs programmes de subventions globales aux éditeurs.

Éditions Libre Expression
2016, rue Saint-Hubert
Montréal (Québec) H2L 3Z5

Dépôt légal :
2e trimestre 1999

ISBN 2-89111-842-1

À Lippou et à Face de Lippe, sa maman…
Et aussi à ma sœur Loulou ainsi qu'à son fils Loulou,
qui ressemble à Lippou…

1

Il était une fois un homme qui ne croyait plus à l'amour.

Il avait eu de nombreuses liaisons, qui n'avaient jamais duré, comme si son cœur souffrait d'un vice de fabrication et cessait invariablement de battre passé une période déterminée. Il avait quitté des femmes, il avait été quitté : il n'avait pas l'art d'en retenir aucune auprès de lui, à moins que ce ne fût son obscur refus de s'engager qui le repoussât invariablement – et quelles que soient les circonstances – vers les rivages de moins en moins attrayants de la solitude.

Jeune, il ne s'était pas plaint de cette singulière disposition de son être et même s'en était secrètement félicité : elle lui donnait la rassurante illusion de renaître continuellement de ses cendres comme le Phénix.

Mais, avec l'âge, une lassitude l'avait gagné : il ne trouvait plus autant d'exaltation dans les éternels recommencements, et leur vertu ne le dupait plus.

Maintenant qu'il était arrivé au cap inquiétant de la quarantaine, sa vie ne lui semblait plus la fête perpétuelle de ses jeunes années. Et son métier de courtier en valeurs mobilières ne le nourrissait plus.

Chaque jour lui semblait la terne répétition de la veille, comme s'il était un comédien devant toujours redire les mêmes répliques.

Il ne supportait plus son patron, qui l'étourdissait de ses rations quotidiennes d'optimisme. Ses clients, qui devaient toujours avoir raison puisqu'ils lui permettaient de vivre, l'assommaient de leurs exigences tyranniques. Et même ses bons coups, du reste de plus en plus rares, ne le réjouissaient plus.

Il se mit à boire, se remit à la poésie, qu'il avait complètement bannie de sa vie depuis des années. Si, à l'adolescence, il s'était cru poète, son père l'avait vite détourné de cette chimère : la poésie n'avait jamais nourri son homme !

Et pourtant, dans ce qui ressemblait de plus en plus à un épuisement nerveux – il avait souvent, le soir, dans la solitude de son appartement, des crises de larmes inexplicables –, la seule chose qui pouvait le nourrir était les vers de quelques vieux poètes qu'il avait retrouvés dans les recueils poussiéreux de sa jeunesse.

Nerval plus que tout autre l'attirait. Il relisait constamment le premier poème des *Chimères*, « El Desdichado », et en savait par cœur les deux premiers quatrains, qu'il se répétait parfois en mangeant, sous la douche, dans sa voiture et même au travail, sacrilège suprême ! puisqu'il ne devait penser qu'aux chiffres et aux placements rentables...

Je suis le Ténébreux, – le Veuf, – l'Inconsolé,
Le Prince d'Aquitaine à la Tour abolie :
Ma seule Étoile *est morte, – et mon luth constellé*
Porte le Soleil noir *de la* Mélancolie.

Dans la nuit du Tombeau, Toi qui m'as consolé,
Rends-moi le Pausilippe et la mer d'Italie,
La fleur *qui plaisait tant à mon cœur désolé,*
Et la treille où le Pampre à la Rose s'allie[1].

Pourquoi ces vers exerçaient-ils sur lui une telle fascination ?

Il n'était pourtant pas veuf, puisqu'il n'avait jamais été marié.

Il n'était pourtant pas l'inconsolé, puisque jamais il n'avait connu de grand chagrin. À moins que, par orgueil, il eût refusé de l'admettre...

Mais il lui semblait que dans sa vie brillait maintenant le Soleil noir de la Mélancolie et qu'une étoile manquait pour illuminer ses longues nuits solitaires...

Un matin, à son réveil, après une nuit tourmentée, il eut une sorte de révélation : ce qui lui manquait depuis des années, c'était de sortir du cercle d'égoïsme dans lequel il s'était enfermé sans même s'en rendre compte, c'était d'avoir un enfant...

Oui, un enfant serait la fleur qui plairait à son cœur désolé, et le berceau serait la treille où son fils ou sa fille pousserait, lui tendant matinalement les bras comme de jeunes rameaux pleins de la verte sève de l'espérance...

Et les joues de l'enfant seraient rondes comme des pommes d'automne, et sa vie à lui recommencerait, loin des vains étourdissements de son passé, dans le havre paisible d'une famille...

---

1. Pour le poème de Nerval, dont la graphie varie d'une édition à l'autre, je me suis servi de *L'Anthologie de la poésie française*, de Georges Pompidou, Librairie Hachette, Paris, 1961. (*N.d.A.*)

Le rêve, dit-on, est une seconde vie.

En tout cas, il suffit bien souvent de rêver longtemps, de rêver ardemment à une chose pour qu'elle survienne dans notre existence.

Et quand le désespoir est l'étoffe de notre rêve, parfois les événements se bousculent…

Or, le dessein d'Ulysse (c'était son nom) était à peine formé dans son cœur – mais fermement et c'est peut-être là la clé des miracles – qu'il fit la rencontre d'une femme. Curieusement, il lui sembla, malgré ses innombrables conquêtes, qu'elle était en quelque sorte la première femme de sa vie. Et le fait qu'elle s'appelât Ève et qu'elle fût belle comme l'aube ne lui parut pas un hasard mais plutôt une confirmation, un signe du destin.

Et puis elle était libre, séparée depuis quelque temps d'un mari fortuné et plus âgé, qu'elle avait quitté parce qu'il refusait obstinément de lui faire un enfant…

Ulysse et elle avaient-ils de véritables affinités électives, de celles qui, une fois passée la tempête du désir, évitent aux couples téméraires le banal naufrage de l'ennui ? Cette vérification pourtant cruciale et qui répugne à la jeunesse leur avait paru superflue, puisqu'il leur semblait s'entendre sur l'essentiel, partageant un même rêve : avoir un enfant.

Deux semaines après leur rencontre, ils emménageaient dans l'appartement d'Ève, qui convenait mieux que la garçonnière d'Ulysse à une vie de famille. Il y avait renoncé sans trop de regrets, résolu à rompre définitivement avec son passé.

Ils partirent en voyage en Italie, une sorte de voyage de noces même s'ils ne s'étaient pas mariés.

Ils visitèrent la Riviera ligure, s'arrêtant d'abord à Santa Margherita, à l'hôtel Regina Helena, puis, à quelques kilomètres de là, découvrirent la ravissante petite ville de Portofino, où ils s'offrirent le luxe insolent de l'hôtel Albergio Splendido. Un instant, Ulysse se remit à croire à sa bonne étoile. Du haut de la fenêtre de sa chambre perchée sur la colline qui domine le célèbre port de mer, il pensa que la vie était magnifique...

Mais lorsqu'il découvrit que l'écrivain français Maupassant avait séjourné à Portofino pour soigner ses nerfs ébranlés par les excès littéraires et amoureux – c'était écrit en toutes lettres sur une petite plaque de bronze affichée au mur de pierres près de la terrasse portuaire –, une sourde inquiétude monta en lui, comme une prémonition.

Avait-il suggéré à Ève l'Italie pour que ce vers prophétique prît un sens et qu'il pût le lui répéter lorsque viendrait pour lui le temps de la plus grande détresse ?

Rends-moi le Pausilippe et la mer d'Italie...

À leur retour à Montréal, Ève, un soir, dit à Ulysse :

– Viens ici, mon chéri. Je voudrais te montrer quelque chose.

Et elle lui montra quelque chose qu'il n'avait jamais vu : une étroite languette de plastique qui comportait une petite fenêtre, une lunette en forme de cœur. C'était tout simplement un test de grossesse.

– Regarde, dit-elle, les yeux humides d'émotion. La petite ligne est bleue.

– La petite ligne est bleue ?
– Oui. Ça veut dire que je suis enceinte !

Il regarda le cœur et la magique ligne bleue et il lui sembla que son cœur se mettait enfin à battre.

Un proverbe arabe prétend que les parents, même peu fortunés, ne devraient jamais s'inquiéter d'une naissance puisque, comme le voyageur apporte sa valise, un enfant apporte avec lui sa chance. Mais la vie d'Ulysse ne semblait pas se conformer à cette maxime consolante car elle lui reprenait d'une main ce qu'elle lui avait donné de l'autre. En effet, le jour même, son bonheur domestique fut assombri par une fâcheuse annonce de son optimiste patron : lassé des plaintes incessantes des clients, dont certains d'ailleurs avaient déserté la maison, il le congédiait sans autre forme de procès.

Il protesta : on ne pouvait lui infliger ce camouflet après tant d'années de dévouement, d'autant que sa femme était enceinte ! Mais son patron se montra intraitable : la maison ne pouvait se permettre de perdre d'autres clients.

Ulysse, lui, était si humilié qu'il en perdit ses moyens avec Ève...

Le Prince d'Aquitaine à la Tour abolie...

Le bel alexandrin dont Ulysse s'était drogué, comme auparavant il s'était drogué de courbes de rendement, s'avérait prémonitoire... À moins qu'il n'eût commis une erreur en le répétant comme une incantation, appelant ainsi sur lui le malheur, docile, comme le bonheur, à la baguette magique de nos pensées...

Ève s'inquiéta de la froideur subite d'Ulysse. Ne se désintéressait-il pas d'elle parce qu'elle était enceinte et moins désirable ?

– Tu ne m'aimes plus ! lui reprochait-elle constamment.

– Où vas-tu chercher ça ? répliquait-il pour la rassurer.

Mais il restait incapable de lui prouver son amour.

La tension monta et les disputes se multiplièrent, d'autant que, malgré tous ses efforts, Ulysse ne parvenait pas à trouver un nouvel emploi, comme si la malchance s'acharnait contre lui. Ils avaient pourtant des moments d'accalmie, des joies aussi, comme lorsque, au cinquième mois de la grossesse, lors de la première séance d'échographie, ils virent battre le cœur de leur enfant et apprirent que ce serait une fille. Comme c'était mystérieux, ce petit être qui prenait forme, cette colonne vertébrale, ce cerveau et ce cœur qui battait à un rythme affolant, à peine plus vite que celui, ému, d'Ulysse !

Et puis ce fut la naissance. Lorsqu'il aperçut la petite tête de sa fille, Ulysse crut qu'elle était mal conformée : la malédiction le poursuivait même dans ses rêves les plus beaux ! Sinon comment expliquer la peau plissée et cadavérique du crâne, et surtout sa forme si particulière, comme si les os étaient disloqués ? Il ignorait que le crâne du nouveau-né se présente toujours ainsi mais retrouve tout de suite sa forme, et que le poupon prend des couleurs dès qu'il se met à respirer...

Lui aussi respira mieux : la vie de son enfant était sauve, et il lui semblait que la sienne commençait...

Elle fut transformée, en tout cas. Bien que préoccupé de se trouver un emploi, il pensait du matin au soir à sa fille Tatiana, la belle aux yeux bleus et au teint laiteux de blonde, qu'elle avait hérités de sa mère, la belle au front lumineux et aux rondes joues roses, image même de l'Abondance! Aurait-il pu chiffrer les baisers déposés sur sa tête séraphique qu'aussitôt on l'aurait déclaré millionnaire, et jamais il n'aurait troqué cette fortune contre celle dont il avait naguère rêvé et qu'il n'avait jamais su amasser. Sherlock Holmes de la tendresse paternelle, il savait tout de sa petite chérie, parce qu'il en guettait chaque mimique, chaque grimace, chaque gazouillis.

Parfois, la nuit, alors qu'elle dormait entre lui et Ève qui l'allaitait, la petite, troublée par un bruit sec ou un rêve, levait brusquement un bras en l'air, puis, sans ouvrir les yeux, le baissait lentement, très lentement, comme un chef d'orchestre à la fin d'un mouvement. Pour Ulysse, c'était chaque fois un ravissement de voir le bras bien dodu redescendre vers le drap, vers le blanc pyjama. Il avait l'impression qu'un petit extraterrestre venait les visiter nuitamment, Ève et lui, pour leur annoncer la bonne nouvelle : le bonheur existait même s'il ne venait pas de la Terre, même s'il venait des étoiles…

D'autres fois, les lèvres du poupon se plissaient, sans pourtant que son sommeil fût interrompu, comme si elle eût été amusée par la fantaisie d'un rêve, et son père émerveillé découvrait que sourire aux anges n'était pas qu'une simple formule : le phénomène existait, il en avait la preuve vivante.

À la fin de ses sourires, le bébé souvent se rengorgeait et ses lèvres toujours humides prenaient tout à coup une expression sérieuse : la frêle Tatiana devenait un lutteur de sumo prêt à livrer le plus terrible des combats contre un adversaire qui n'existait pas! Et Ulysse, pris de fou rire, devait se mordre les lèvres pour ne pas la réveiller...

Dès que sa femme avait cessé d'allaiter, Ulysse s'était empressé, chaque nuit, d'être toujours le premier à se lever pour donner le biberon à Tatiana et surtout, récompense ultime, la voir s'endormir dans ses bras, un instant après avoir repoussé sa bouteille devenue inutile et poussé le soupir de la satisfaction, à côté duquel tout soupir semblait artificiel, toute satisfaction semblait fausse...

Comme sa fille était innocente, la tête rejetée sur son épaule comblée, les jambes allongées, bien grasses et bien molles, pleine des replis de son âge! Ses petits pieds aux orteils minuscules lui semblaient si parfaits que les larmes parfois lui montaient aux yeux d'avoir participé à la fabrication de cette merveille!

Souvent, il se disait que Tatiana n'était pas seulement l'image de l'abandon mais qu'elle était l'Abandon même, dans sa plus parfaite expression, comme Platon est la Philosophie, Homère, la Poésie.

Il chérissait ces instants et se disait souvent que dans six mois, dans un an, cette période rose de son bonheur serait révolue. Comme le peintre célèbre, il entrerait dans sa période bleue, qui durerait le reste de sa vie... Il ignorait, à cette époque, à quel point cette crainte était prophétique.

Il en ressentait une tristesse inexprimable, bien plus grande que celle que, plus jeune, il avait souvent éprouvée dans le lit de ses amantes, qui s'abandonnaient à lui sans pudeur et qu'il abandonnerait dans un mois, dans une heure…

Oui, bientôt Tatiana ne serait déjà plus un bébé, mais un petit enfant, une fillette. Et, anticipant avec amertume ce moment, il se prenait parfois à concevoir le souhait étrange et fou que Tatiana, échappant aux lois immuables de la nature, ne grandisse pas. Elle ne serait pas comme les autres. Elle serait le Bébé éternel !

Défiant le temps, elle aurait toujours six semaines ou tout au plus six mois, et ses cuisses toujours seraient bien grasses, et ses petites mains toujours seraient potelées !

Sa fille…

Il n'en revenait pas lui-même…

Lorsqu'il entendait ses amis ou même sa compagne dire « ta fille », il avait l'impression qu'ils parlaient à un autre que lui.

Mais quelque divinité maléfique semblait s'opposer à sa joie…

En effet, malgré des efforts méritoires, Ulysse ne parvenait toujours pas à trouver du travail, et sa fortune, bien maigre puisqu'il avait toujours dépensé presque tout ce qu'il gagnait sans se soucier du lendemain, avait fondu comme neige au soleil. Il emprunta de l'argent à ceux de ses amis qui acceptaient encore de lui parler malgré sa disgrâce professionnelle. Cet expédient ne suffit pas à faire vivre le ménage convenablement, d'autant qu'après plus d'un an de chômage Ulysse ne recevait plus aucune aide de l'État.

Les disputes devinrent de plus en plus fréquentes, presque quotidiennes, et de plus en plus virulentes. Ils se réconciliaient rapidement, certes, et s'excusaient que leurs paroles aient dépassé leur pensée. Mais les mots ont un pouvoir qu'on mésestime et leur subtil poison détruisait petit à petit leur amour. Constamment, Ève répétait à Ulysse :

– Tu ne respectes pas tes engagements. C'est toi qui devais faire vivre la famille. Si j'avais su, je ne serais jamais tombée enceinte.

– Je suis désolé, chérie, vraiment désolé...

– Comment se fait-il que tu ne trouves rien ? Tu es compétent, non ?

– Je cherche, je ne fais que ça ! Mais je ne peux quand même pas accepter de faire n'importe quoi.

– Pourquoi pas ? Il n'y a pas de sot métier, après tout. Et puis ce serait juste en attendant. Je ne suis quand même pas pour abandonner un enfant de quatre mois pour retourner au travail !

Enfin, ils eurent une dispute encore plus terrible que toutes les autres, qui fut suivie d'un silence de plusieurs jours, durant lesquels ils vécurent en véritables étrangers.

Puis, un jour, Ulysse, qui n'avait toujours rien trouvé, eut une idée et, passant outre à son orgueil d'homme – le paiement du loyer retardait de cinq jours –, proposa à sa femme :

– Pourquoi ne vendrais-tu pas ton auto ? Nous en avons assez d'une, au fond.

– Ce ne sera pas nécessaire, dit-elle d'une voix un peu bizarre où perçait un mélange de mystère, de tristesse et de détermination.

– Il te reste de l'argent ?

– Non... J'ai décidé de retourner avec mon mari.

– Mais, Ève, tu ne peux pas...

Il fut assommé par cette nouvelle inattendue. L'angoisse financière dans laquelle il la faisait vivre bien malgré lui depuis des mois avait-elle eu raison de son amour ? Mais l'avait-elle seulement jamais aimé ? Il ne lui avait jamais posé la question, ce qui était peut-être sa première erreur, en supposant, du reste, qu'elle eût pu y répondre...

– C'est pour l'argent ? lança-t-il. Parce qu'il est riche et que je suis en chômage ?

– Non. Je... je pense que j'aime encore William...

C'était là le nom de son mari, et c'était surtout une nouvelle épreuve pour ce pauvre Ulysse qui encaissait coup sur coup. Il pensa spontanément à son curieux destin amoureux qui éloignait invariablement les femmes qu'il n'avait pas préféré quitter.

Dans le passé, il n'aurait peut-être pas protesté. Il aurait laissé partir cette compagne malheureuse vers son destin nouveau. Mais il y avait la petite Tatiana.

La petite Tatiana qui avait transformé sa vie et qui était sa raison d'être, sa certitude...

– Je regrette tout ce qui arrive, Ulysse. Nous avons agi trop vite. J'aurais dû attendre. Je pensais que je ne l'aimais plus...

– Et Tatiana ?

– On va trouver un arrangement, ne t'inquiète pas.

2

L'arrangement qu'Ève trouva ne convint toutefois guère à Ulysse. Elle lui proposa ce que la plupart des femmes proposent au père de leur enfant : voir celui-ci un week-end sur deux.

C'est-à-dire quatre jours par mois…

Ce qui signifiait en clair que, vingt-sept jours par mois, il ne verrait pas sa Tatiana adorée, celle qui l'avait fait renaître de ses cendres, aurore aux doigts de rose…

Il protesta avec véhémence, mais la loi était du côté de sa femme. Il comprenait qu'un bébé de quatre mois ne pouvait être séparé de sa mère, mais ce qui le désespérait était que l'arrangement était définitif : lorsque la petite serait plus âgée, il ne la verrait pas davantage.

Il faut dire que son dossier n'était guère édifiant. Comment aurait-il pu convaincre le juge de sa capacité de prendre soin d'un enfant alors que, comme Ève n'avait pas manqué de le lui rappeler à toutes les deux phrases, il était au chômage depuis plus d'un an, endetté jusqu'au cou, et qu'en plus il buvait ?

Le juge enfin rendit sa sentence. Ce serait comme Ève l'avait souhaité : Ulysse ne verrait Tatiana qu'un week-end sur deux.

Désespéré, il écrivit à sa femme une longue lettre.

Rends-moi ma vie, je t'en supplie, rends-moi ma fille. Fais ce que font les êtres de raison, qui est d'établir entre la mère et le père un juste partage... Laisse-moi ma fille une semaine sur deux; l'autre, je disparaîtrai, je te le jure. Je me ferai si petit et si discret que tu me croiras mort. Et, en fait, je le serai, sauf si tu as besoin de moi, sauf si ma fille me réclame. Et peut-être le fera-t-elle si, comme je le crois, elle est reliée à mon cœur par le fil invisible de l'amour filial, qui est si fort, je te dis, que, lorsqu'elle est partie, je me suis senti aspiré vers elle, vers le vide, vers la folie...

S'il te reste pour moi une once de respect, si tu m'as jamais aimé ne serait-ce qu'un instant, pense à ma proposition, parce que quatre jours par mois, je ne peux pas. Quatre jours par mois, ce sont des miettes qu'on jette à un mendiant, et avec Tatiana j'étais un roi, puisqu'elle était ma reine et que ma vie avec elle était un banquet.

Mais la lettre resta sans effet.

Comme un homme qui, au seuil de la mort, revoit le film de sa vie, Ulysse se mit à revoir avec une netteté hallucinante les scènes où sa fille était encore là, rose des roses...

Quand elle n'avait que deux mois et que, couchant entre Ève et lui, elle abandonnait, gavée, le sein de sa mère, Ulysse s'empressait de se pencher vers ses lèvres encore pleines du lait maternel pour respirer son haleine sucrée... Et ce parfum lui procurait une ivresse qu'aucun parfum de femme ne lui avait jamais donnée.

L'haleine de sa fille...

L'haleine sucrée et tiède de Tatiana, qui remplissait ses narines étonnées, comblait son être et lui faisait oublier le vide de sa vie de naguère.

Avant que Tatiana ne parût dans toute sa splendeur, dans sa douceur rosée et blanche de bébé, qu'était-il, en effet? Rien, en somme, qu'un homme qui ne faisait que s'amuser – et d'ailleurs à la fin s'amusait de moins en moins...

Il revécut des matins glorieux, alors que Tatiana, blottie entre Ève et lui, les ravissait tous les deux en annonçant son réveil par quelques pets bien sonores. Certains jours, c'était une véritable pétarade. Ulysse croyait entendre les trompettes de Jéricho : elles faisaient s'écrouler les murs de sa tristesse!

Il revit aussi ces longues promenades qu'il avait faites avec sa fille, dès que le temps l'avait permis, c'est-à-dire à l'arrivée du printemps. Il mettait Tatiana dans un petit attelage dont les courroies la serraient contre son cœur et, porté par un enthousiasme nouveau, par une énergie folle, il pouvait ainsi marcher des heures dans les rues de la ville.

Contemplant toutes les dix secondes sa petite tête qu'un mignon bonnet de dentelle enveloppait, il sentait une gloire, une ivresse l'habiter, et il avait envie de crier à chaque passant sa fierté d'être père. Il n'était plus seul au monde! Il avait un enfant! Il n'avait qu'un seul regret : avoir attendu la quarantaine pour découvrir de pareilles joies.

Mais ces joies, il ne les connaîtrait plus qu'au compte-gouttes...

Quatre jours par mois alors que lui, dans sa mathématique désolée, c'était quatre mois par jour qu'il aurait aimé avoir Tatiana!

Quatre malheureux jours de bonheur par mois...
Un juge, triste corbeau drapé dans sa noire certitude, avait décrété qu'il en serait ainsi et pas autrement. « Peu importe que je vous arrache le cœur, avait-il semblé dire, justice est rendue. Au suivant ! »
Ulysse entendait encore le coup de marteau qui avait mis fin à son rêve et il revoyait la souriante Tatiana qui lui tendait les bras. Son visage était baigné de larmes, parce qu'il était seul dans l'appartement familial déserté par Ève et Tatiana.
Tatiana à la peau de soie...
Sa fille qui maintenant ne serait plus sa fille que quatre jours par mois.
Le reste du temps, elle serait la fille de sa mère et aussi de ce vieil homme fortuné qui n'avait pas voulu d'enfant mais lui volait le sien, puisqu'il deviendrait en quelque sorte son père, car vingt-sept jours par mois il verrait sa fille adorée se lever le matin et se coucher le soir. Comme un vautour, il se nourrirait de ses sourires, de sa beauté, de sa joie...
« Vieil homme, tu as déjà ta fortune pour te consoler de ton âge. Rends-moi la seule richesse que j'aie, rends-moi ma fille ! »

La fleur qui plaisait tant à mon cœur désolé...

Ulysse tenta de se raisonner : « avec le temps, tout s'en va », « les chagrins passent comme passe l'amour »...
Donc, il attendrait, il patienterait...
Mais le temps exaltait sa peine, comme l'absence, dit-on, exalte les grandes affections.

Et puis, de plus en plus régulièrement, comme si Ève – ou son mari tyrannique ! – voulait l'éliminer de sa vie, ou, pour mieux dire, de la vie de sa fille, les week-ends se multipliaient où il ne pouvait plus voir Tatiana la jolie...

C'était toujours pour de bonnes raisons, bien entendu.

Un vendredi soir du mois de juin, lorsque Ulysse se présenta chez Ève, qui habitait maintenant Westmount, elle lui annonça que Tatiana était malade et que, par conséquent, il ne pouvait la prendre pour le week-end.

– Mais pourquoi ? protesta-t-il.

– Tu n'as pas les médicaments...

– Mais tu n'as qu'à me les donner.

– Elle fait de la fièvre et je ne veux pas qu'elle sorte. Elle risque de prendre froid...

Il y avait là une certaine logique.

– Est-ce que je peux au moins la voir quelques minutes ?

– Elle dort et tu risques de la réveiller...

– Bon, je comprends. Alors, je la prendrai le week-end prochain.

– Non. Tu l'as le premier et le troisième week-ends de chaque mois...

– Mais puisque je ne l'ai pas ce week-end...

– Est-ce de ma faute si ma fille est malade ? Tu vas me reprocher de vouloir bien la soigner, maintenant ?

Abasourdi, il la toisa. Pourquoi était-elle si dure avec lui ? Si injuste aussi ? Il lui parut pourtant percevoir au fond de ses yeux un regret, une tendresse même, comme si toute cette intransigeance ne venait pas d'elle mais lui était dictée par quelqu'un d'autre.

Son mari ? Qui voulait éliminer Ulysse, rival gênant, parce qu'il était plus jeune et plus séduisant, et qu'Ève retournerait peut-être un jour avec lui, surtout qu'ils avaient ensemble un enfant ?

– Je ne peux pas te parler plus longtemps, trancha Ève.

Lorsqu'elle referma la porte, Ulysse vit qu'elle avait les larmes aux yeux et il se dit qu'elle était peut-être désolée de tout ce qui arrivait...

Les jours qui suivirent furent sans doute les plus tristes de toute la vie d'Ulysse. Comme sa détresse était grande ! Il ne lui restait plus que ses souvenirs et le portrait de Tatiana, qu'il avait posé sur sa table de chevet et qu'il regardait tous les soirs en se couchant, tous les matins en se réveillant...

Tatiana...

Son ange, qui était malade et dont il ne pouvait même pas avoir de nouvelles parce que, lorsqu'il appelait pour s'informer de son état, la gouvernante, qui semblait avoir reçu des instructions à ce sujet, lui répondait qu'Ève était absente...

Comme le temps lui parut long jusqu'au weekend où il pourrait enfin voir Tatiana... !

Le mardi qui le précédait – habituellement, il appelait le jeudi, mais il était trop impatient ! –, il téléphona à Ève et put enfin lui parler.

– Je veux savoir à quelle heure aller chercher Tatiana vendredi...

– Ah ! Ulysse, c'est bien que tu appelles, parce que je voulais justement te parler. Nous partons pour deux semaines à Paris demain et j'emmène Tatiana.

– Mais c'est mon week-end avec elle...

– Qu'est-ce que tu veux que je te dise ? Viens la chercher à Paris vendredi soir, si tu veux !

Il ne dit rien.

Que pouvait-il dire ?

Jamais on ne lui avait fait sentir aussi cruellement sa pauvreté. Jamais il ne s'était senti aussi impuissant devant le pouvoir de l'argent et celui d'une femme qui avait tous les droits, même celui de bafouer tous les siens !

Dans les jours qui suivirent, il réfléchit. Ce que voulait sa femme était trop évident : l'avoir à l'usure, le faire disparaître de sa vie, le pousser à renoncer à Tatiana.

Mais c'était impossible, parce que, il le savait trop, il ne pouvait vivre sans sa fille.

Alors, il ourdit un plan.

Quelques jours avant le week-end où il retrouverait enfin Tatiana, il loua une petite chambre, dans un hôtel borgne. (Il avait retrouvé par hasard un vieux placement qu'il avait aussitôt monnayé et qui lui permettrait de tenir le coup pendant quelques semaines.) Bon marché, l'établissement devait en général accueillir des étudiants de passage, des voyageurs peu fortunés et aussi des prostituées puisqu'il se situait au cœur du *Redlight*, rue Sainte-Catherine, près du boulevard Saint-Laurent. Ulysse l'avait choisi parce que, parmi la faune un peu bizarre qui fréquentait le quartier, il risquait moins d'être remarqué.

Le dimanche soir, au lieu de retourner Tatiana à sa mère, il décida de se faire justice et, sans mesurer les conséquences de son geste, dans un élan de désespoir, il l'enleva et l'emmena dans sa petite chambre d'hôtel, abandonnant sans regret l'appartement familial, où, du reste, il lui était devenu bien difficile de vivre.

Il devint une célébrité, comme d'ailleurs Tatiana. Car, le surlendemain de l'enlèvement, sa photo et celle de sa fille se retrouvèrent dans tous les journaux. Alors, il commença à vivre comme un véritable criminel, comme un évadé de prison. Et pourtant il avait seulement voulu retrouver sa fille, retrouver sa vie… Traqué, il ne sortait plus sans chapeau ni lunettes fumées, et faisait toujours porter à Tatiana de vastes bonnets qui dissimulaient son visage si beau.

Sa vie devint rapidement insupportable. Étant recherché, il avait dû mettre fin à sa recherche d'emploi, et ses réserves d'argent s'épuisaient rapidement, d'autant que maintenant, découvrant les véritables joies de la paternité, il devait acheter couches, nourriture pour bébés, vêtements…

Et puis, à mesure que le temps passait, il comprenait qu'il avait posé un geste inconsidéré : si la police lui mettait la main au collet – et elle finirait bien un jour ou l'autre par le faire –, il perdrait tout. Il irait probablement en prison et, une fois libre, il ne pourrait même plus voir sa fille un week-end sur deux. La mère aurait trop peur qu'il ne récidive, et la loi serait de son côté, bien entendu, comme elle l'avait été la première fois…

Mieux valait rendre sa fille à Ève.

Il avait commis un crime en enlevant Tatiana, bien sûr, mais il obtiendrait plus aisément la clémence d'un juge s'il ramenait de son propre chef l'enfant à sa mère.

Mais alors – il n'y avait décidément rien de parfait ! – il retournerait au mieux à l'horaire ancien, soit un week-end sur deux, qui n'était d'ailleurs plus un week-end sur deux parce que sa femme était assez ingénieuse pour trouver des raisons de ne pas le laisser voir Tatiana... Et ce ne serait sûrement pas l'enlèvement qui arrangerait les choses !

Un samedi soir – il évitait le plus possible les sorties diurnes et se voyait forcé de mener une vie de noctambule, ce qui n'était guère pratique avec un poupon de six mois –, un samedi soir donc, une dizaine de jours après l'enlèvement, il en était à mûrir sa décision lorsque, dans une petite pâtisserie, le marchand le dévisagea d'une manière curieuse comme s'il le connaissait – ou le reconnaissait !

Ulysse sortit rapidement, sans attendre sa monnaie, ce qui confirma les soupçons du marchand : ce client pressé était l'homme dont la photo faisait la une de tous les journaux parce qu'il avait kidnappé sa propre fille.

Alors, il cria en direction d'Ulysse :

– Hé ! vous, là-bas, arrêtez !

Ulysse n'obtempéra pas et, une fois dehors, il se mit à courir. Le marchand, qui l'avait suivi sur le trottoir, aperçut à la porte de son établissement deux policiers qui venaient chercher leur café du soir.

– C'est lui ! dit-il en désignant le fuyard qui emportait sa fille.

– Lui ? demanda un des policiers.

– Oui, le type qui a kidnappé sa fille.

Les agents le prirent aussitôt en chasse. Ulysse se retourna, les aperçut, accéléra, mais il n'était pas dans la meilleure des formes depuis quelque temps et le poids de Tatiana le ralentissait forcément.

Il pensa qu'il valait mieux ne pas rester dans la rue Sainte-Catherine, qui était très achalandée. Les petites rues transversales seraient plus propices à sa fuite.

Aussi, au premier coin, il tourna, mais un peu vivement, si bien qu'il glissa et échappa Tatiana, qu'il ne portait pas ce soir-là dans son habituel petit attelage. Il s'allongea de tout son long, sa chemise se déchira, et il éprouva une sorte de brûlure au ventre. Mais c'était le cadet de ses soucis : seul le sort de Tatiana l'inquiétait.

Il était terrorisé à l'idée qu'elle ait pu se blesser dans sa chute. D'ailleurs – était-ce de frayeur ou de douleur ? –, la petite avait fondu en larmes. Ulysse se releva d'un bond, se précipita vers Tatiana, la prit dans ses bras et l'examina rapidement. Elle ne semblait pas blessée. Il souffla. Puis il eut un instant d'hésitation. Devait-il se rendre aux policiers, qui avaient gagné du terrain, ou tenter de leur échapper ?

Il aperçut alors un de ces énormes containers utilisés sur les chantiers de construction. Pourquoi ne pas s'y cacher ? Jamais les policiers n'imagineraient qu'il pût faire une chose pareille avec un poupon dans les bras. Il souleva le couvercle, avec difficulté car il était fort lourd. Le container était vide. Ulysse y sauta et referma le couvercle.

Restait un problème de taille : Tatiana n'avait pas cessé de pleurer.

– Doux, doux, Tatou, ne pleure plus, ne pleure plus ! Il n'y a pas de danger, ma petite poule.

Mais elle avait arrondi ses beaux yeux bleus emplis de larmes, et, visiblement effrayée, regardait son père. Et puis c'était sombre dans le container, et ça ne sentait évidemment pas les roses.

Mais si elle continuait à pleurer, même si elle avait toutes les raisons du monde de le faire, Ulysse était cuit, bien entendu. Alors, il posa délicatement la main sur la bouche de sa fille et de nouveau la supplia.

– Tatou, il faut absolument que tu arrêtes de pleurer, tu m'entends, ma petite poule ? Il faut que tu arrêtes.

Et il murmura des « chut ! » prolongés et doux qui, comme par miracle, apaisèrent enfin le bébé.

Juste à temps d'ailleurs car Ulysse entendit alors les pas des agents qui venaient de tourner le coin, où ils s'immobilisèrent : le fugitif avait disparu comme par enchantement.

– Où est-il passé, l'enfant de chienne ? demanda le policier le plus âgé, qui arborait une moustache sombre lui donnant un air peu invitant.

Ils s'éloignèrent du container, inspectèrent rapidement, à gauche, une petite ruelle, qui était déserte, puis allèrent voir dans la ruelle de l'autre côté de la rue : le fugitif était introuvable. Ils rebroussèrent chemin et s'arrêtèrent devant le container, perplexes.

– Il avait peut-être un complice qui l'attendait en auto, suggéra le plus jeune, qui était encore à l'entraînement et, avec son véritable visage d'ange, aurait pu passer pour un chanteur de charme.

– Idiot ! Un complice..., le rabroua l'autre, plus expérimenté. Ce n'est pas un vol de banque qu'il vient de commettre, c'est un vol d'enfant...

Dans le container sombre, Ulysse retenait son souffle et gardait sa main sur la bouche de la petite Tatiana. Un seul pleur et il était perdu.

– Mais il n'a quand même pas pu disparaître..., observa fort logiquement le jeune policier.

– C'est vrai...

– À moins qu'il ne soit là, dans le container.

Ulysse tressaillit. Il allait perdre son pari.

Le policier le plus âgé regarda son collègue avec un sourire sadique. Il s'empara de la matraque qu'il portait à la ceinture et, avec un plaisir manifeste, frappa trois grands coups de suite sur les parois métalliques du container, ce qui fit un tintamarre épouvantable.

À l'intérieur, la petite Tatiana avait écarquillé les yeux, terrorisée, et Ulysse, persuadé maintenant qu'elle allait éclater en sanglots, pressa sa main encore plus fort sur sa bouche.

La terreur eut sur Tatiana un effet singulier : elle péta, comme elle le faisait souvent, le matin, pour annoncer à ses parents l'imminence de son réveil triomphal. Ce pet n'était pas ce chevalier solitaire qui passe si vite et si silencieusement qu'on doute de son existence, surtout s'il ne laisse pas derrière lui son parfum. C'était une de ces séries de pets bien sonores dont Tatiana semblait avoir le secret!

L'effet de surprise fut si grand que, malgré la gravité de la situation, Ulysse fut pris d'un fou rire et dut se mordre les lèvres pour ne pas être trahi par son hilarité. Le policier le plus jeune, qui avait l'oreille la plus fine, crut entendre quelque chose. Il se tourna vers son collègue et dit, avec un sourire :

– Les hot-dogs du souper sont en train de passer, chef...

– C'est quoi, ton problème ?

– Oh ! rien, chef…

– Bon, dit-il d'un air sévère, viens, on va signaler au poste qu'on a aperçu le suspect dans le quartier.

Et ils s'éloignèrent.

Ulysse retira sa main de la bouche de Tatiana et l'embrassa à plusieurs reprises.

Il la félicita.

– Tu es un ange, dit-il. Je t'adore…

Il était vrai qu'il l'adorait, et plus qu'il ne l'avait jamais adorée, car jamais il n'était passé aussi près de la perdre.

Ulysse attendit cinq longues minutes, puis se risqua enfin à ressortir du container. Il avait échappé aux policiers. Il souffla. Lui et sa fille étaient sains et saufs.

Il retrouva avec soulagement sa chambre, même si elle était minable et même si, en cette canicule du mois de juillet, une chaleur étouffante y régnait. L'air climatisé était défectueux, comme bien d'autres choses dans cet hôtel, comme bien d'autres choses dans sa vie…

Ulysse ouvrit la fenêtre. La rue Sainte-Catherine, sur laquelle elle donnait, était bruyante, mais au moins une légère brise pénétrait maintenant dans la chambre.

Au loin, il aperçut un éclair traversant le ciel. Le tonnerre gronda. Un orage se préparait. « C'est une bonne chose… », pensa-t-il en s'épongeant le front.

Lorsque vint le temps de lui donner son bain, Ulysse se rendit compte que, dans sa chute, elle s'était blessée au ventre. Oh ! rien de grave, mais la tendre peau de son abdomen était éraflée à la hauteur du nombril, comme celle d'Ulysse d'ailleurs, qui, lui, était amoché un peu plus. Comme il n'avait rien pour la soigner, il se contenta de bien nettoyer sa plaie, ou plutôt son éraflure, avec de l'eau tiède. Le lendemain, il achèterait de l'onguent.

Il ferait aussi autre chose le lendemain.

Quelque chose de beaucoup plus grave…

Il rendrait Tatiana à sa mère.

La situation ne pouvait plus durer. Il ne pouvait continuer de vivre cette vie de fou, ni surtout de l'imposer à sa petite fille, qui avait droit à une existence normale.

Et pourtant comme cette nouvelle séparation serait douloureuse !

Bien qu'il eût toujours été athée, ou plutôt agnostique, il se surprit à penser, dans sa détresse : « Ô mon Dieu, je vous en supplie, faites que je ne perde pas ma fille. Faites que je ne sois pas séparé de Tatiana, parce que je ne peux pas vivre sans ma fille ! »

Il s'allongea sur le lit. Il n'avait pas retiré ses vêtements mais simplement ôté ses souliers et déboutonné sa chemise, parce qu'il faisait très chaud. Il ne voulut pas coucher tout de suite Tatiana dans le petit berceau de fortune qu'il lui avait acheté, même si elle sommeillait déjà, vêtue d'une simple couche neuve. Il la posa plutôt sur son ventre nu, parce que c'était la dernière nuit peut-être qu'il passait avec elle et qu'il voulait profiter de chaque seconde…

Pendant un long moment, il contempla son adorée. Comme elle était belle, paisible et rose comme l'aube, avec sa peau si pâle et si soyeuse qu'elle brillait «comme un brin de paille dans l'étable»...!

Il admira les battements de son cœur à travers sa fontanelle, cet espace circulaire encore mou au sommet du crâne des poupons. Il lui semblait que c'était son propre cœur qu'il regardait battre. Il avait l'impression qu'en cet endroit tout le mystère de la vie se résumait...

Et voilà qu'elle semblait rêver, et que son rêve semblait heureux, car un sourire fleurissait ses lèvres bien luisantes de sa salive de poupon.

Il pensa au voyage à Portofino et s'émut à la pensée que c'était là, dans une chambre tout emplie de la brise méditerranéenne, qu'il avait conçu la reine de sa vie.

Dehors, un coup de tonnerre plus fort que les autres résonna. Tatiana, comme elle le faisait si souvent lorsqu'elle était troublée dans son sommeil, souleva brusquement un bras, puis le laissa retomber fort lentement, en son manège habituel. Ulysse en fut si charmé, si ému, que les larmes lui vinrent aux yeux...

Enfin la pluie se mit à tomber, une de ces grosses averses d'été qui ne durent guère mais chassent d'un seul coup la lourde humidité.

Ulysse recouvrit d'un drap le corps frêle de sa fille, pour lui éviter tout courant d'air fâcheux. Il ferma les yeux quelques instants et, sans s'en rendre compte, glissa dans le sommeil.

3

Le matin, à son réveil, Ulysse était couché sur le côté gauche, le nez plongé dans le maigre oreiller de sa minable chambre. Lorsqu'il ouvrit les yeux, son front se plissa immédiatement : son oreiller froissé par la nuit ressemblait à un véritable champ de bataille où on eût égorgé un petit animal. Non pas qu'il fût maculé de sang, mais il y avait des paquets de poils !

Un rapide examen apprit à Ulysse qu'il s'agissait de ses propres cheveux ! Portant une main angoissée à sa tête, il estima les étonnants ravages : en une seule nuit, il avait perdu des centaines de cheveux ! Il avait l'habitude de perdre des cheveux, certes, sous la douche ou tout simplement en se coiffant, mais pas à ce point…

Tout de suite, il éprouva un malaise comme on en éprouve invariablement devant un phénomène inexplicable…

Il se rappela alors un entrefilet lu longtemps auparavant dans un quotidien : un homme emprisonné injustement avait vu sa tête blanchir entièrement en une seule nuit.

N'était-ce pas un peu ce qui lui était arrivé ?

L'enlèvement de Tatiana et surtout la nécessité de la rendre à sa mère l'avaient angoissé plus qu'il ne voulait bien l'admettre, et il en avait subi nuitamment les surprenants contrecoups.

Il avait dormi d'un sommeil de plomb et néanmoins il se sentait encore très fatigué, épuisé même, comme s'il n'avait pas fermé l'œil de la nuit. Pourtant, il devait avoir dormi assez longtemps car une lumière fort vive, qui n'était plus celle de l'aube, emplissait la chambre, tout comme les bruits de la rue.

Quelle heure pouvait-il être ?

Ulysse leva le bras pour consulter sa montre mais, curieusement, elle glissa jusqu'à son coude, comme si le bracelet était soudain trop grand.

Que se passait-il donc ?

Nouvelle inquiétude d'Ulysse, qui nota que son poignet avait rapetissé et que c'était pour cette raison que sa montre avait glissé.

Que lui était-il donc arrivé pendant cette mystérieuse nuit ?

Il ne s'attarda guère à cette question car il pensa alors à Tatiana.

Il avait complètement oublié de la coucher dans son petit berceau. Ne l'avait-il pas écrasée pendant la nuit ? Sa tête, invisible, était recouverte par le drap, qu'il s'empressa de soulever.

Une nouvelle surprise l'attendait.

Le pâle duvet blond de Tatiana était devenu une abondante chevelure comme celle d'une fillette de deux ans ! Très fournis, joliment bouclés, ses cheveux touchaient presque ses épaules.

Comment une telle transformation avait-elle pu s'opérer en quelques heures à peine ?

À moins qu'il ne fût en train de rêver, ou plutôt de faire un cauchemar... Il pinça la peau de son poignet ridiculement chétif, en éprouva une douleur et comprit qu'il ne rêvait pas, à moins que le songe curieux dont il était victime ne fût soumis aux mêmes lois que l'état de veille…

Il jeta un regard circulaire dans sa chambre. Non, vraiment, il ne rêvait pas : c'étaient les mêmes vieux plafonds bas, les mêmes murs déprimants, la même télé d'un modèle démodé sur la commode bancale, devant un miroir dépoli.

D'ailleurs, la transformation de Tatiana était encore bien plus profonde qu'il ne l'avait cru. Lorsqu'il eut repoussé tout à fait le drap qui la recouvrait et se fut redressé légèrement dans son lit, il vit que sa fille n'était plus le poupon de six mois de la veille. Elle avait vieilli considérablement, et elle avait maintenant la taille et le poids d'une fillette de deux ans !

N'était-ce pas pour cette raison qu'en se redressant il avait éprouvé une oppression sur la poitrine ?

La croissance de sa fille avait été si prodigieuse que sa couche, maintenant trop petite, s'était déchirée et semblait en loques.

Éberlué, Ulysse prit délicatement par les épaules Tatiana, qui dormait toujours à poings fermés, et voulut la déposer à côté de lui dans le lit. Mais il rencontra une résistance surprenante. Il essaya de nouveau mais fut incapable de la séparer de lui. Que pouvait-il bien se passer ?

Il se pencha vers sa fille et, assis dans son lit, tenta de la réveiller.

Il fit alors une nouvelle constatation, aussi troublante, sinon plus, que les précédentes. Il se rendit compte en effet, que Tatiana était pour ainsi dire attachée à lui.

La peau de son ventre se confondait avec la sienne et leurs deux abdomens étaient maintenant unis par une sorte de tube dont Ulysse éprouva tout de suite la solidité en repoussant délicatement sa fille toujours endormie.

Il pâlit et ravala sa salive : il venait de se rendre compte qu'il était maintenant si solidement attaché à Tatiana qu'elle tenait à son ventre comme une excroissance naturelle ! Oui, elle était comme vissée à lui par ce curieux tube de chair qui avait poussé pendant la nuit comme un véritable champignon sous la pluie !

Alors, il se rappela la prière désespérée que, la veille, juste avant de s'endormir, il avait adressée au ciel : « Faites que je ne sois pas séparé de Tatiana... » Et il se rendit compte, stupéfait, que son souhait s'était réalisé au-delà de ses attentes. Lui et sa fille était maintenant devenus physiquement inséparables !

« Méfiez-vous de vos désirs, a dit un poète, car ils peuvent se réaliser. » Et c'est précisément ce qui arrivait au pauvre Ulysse. Il était consterné.

Il se leva et se rendit compte que le bas de son pantalon couvrait maintenant totalement ses orteils. Se regardant dans la glace, il eut un mouvement de recul et écarquilla les yeux. Il venait de constater qu'il semblait avoir perdu sept ou huit centimètres ! Comme s'il avait besoin de cela, lui qui ne s'était jamais trouvé assez grand et s'en faisait presque un complexe, lequel n'était d'ailleurs peut-être pas étranger à son ancienne obsession de plaire !

Mais peut-être n'était-ce qu'une illusion d'optique, parce qu'il était trop loin du miroir ? Il voulut le vérifier en s'avançant vers la glace, mais trébucha presque dans son pantalon, devenu trop grand.

Il aurait bien aimé rouler ses ourlets mais il avait Tatiana dans les bras, Tatiana qui dormait toujours, curieusement rivée à lui par ce tube de chair qui s'était développé pendant la nuit, à la faveur, aurait-on dit, des blessures de leur ventre. Elle était d'ailleurs si bien attachée à lui qu'il n'avait même pas besoin de la soutenir, comme si elle était maintenant un véritable prolongement de son corps, comme un nouveau membre, en somme. Comme c'était étrange!

Il marcha lentement vers le miroir, soutenant pourtant Tatiana d'une main, comme s'il avait peur que, malgré la solidité surprenante de leur nouveau lien de chair, elle se détachât de lui et tombât par terre. Il s'efforçait de ne pas trébucher dans son pantalon. De fines gouttelettes de sueur perlèrent sur son front lorsqu'il aperçut le reflet que lui renvoyait le miroir.

Il était méconnaissable. Non seulement ses cheveux étaient-ils plus clairsemés, mais son visage s'était transformé. Ses rides, que la quarantaine avait inévitablement approfondies, s'étaient estompées, et, même s'il avait perdu des cheveux, il avait bizarrement rajeuni de presque vingt ans. Il avait maintenant l'air d'un véritable jeune homme, ce jeune homme idéaliste et romantique qu'il avait été jadis...

Au lieu de se réjouir de ce rajeunissement inespéré, lui que la banale obsession de vieillir minait, il s'en affola. C'est qu'il devait avoir perdu une bonne dizaine de kilos, et son teint habituellement basané affichait une pâleur cadavérique, comme s'il était gravement malade. Il ne s'était jamais vu si blême, en fait, même au pire de sa plus grave maladie.

Il était bouleversé.

Qu'allait-il faire ?

Et la petite Tatiana, qui n'était plus si petite car elle avait maintenant l'air d'une fillette de deux ans, qu'adviendrait-il d'elle ? Et serait-elle en bonne santé lorsqu'elle se réveillerait ? Si d'ailleurs elle se réveillait !

Qui lui disait qu'elle était encore en vie, qu'elle n'était pas morte pendant la nuit, victime de cette mystérieuse métamorphose ?

Il souleva délicatement la tête de sa fille. Son teint était rose comme l'aurore et ne ressemblait pas à celui d'une petite reine morte. Il tapota délicatement sa joue et murmura son nom :

– Tatou, allez, réveille-toi, papa veut te parler...

Ses paupières bordées de cils interminables conservaient une désolante immobilité.

Haussant la voix, il dit, en remuant sa petite tête maintenant couverte d'une chevelure très abondante :

– Allez, Tatou, réveille-toi maintenant ! Réveille-toi !

Alors, une pensée affreuse traversa son esprit.

Et si... ?

Il n'osait pas aller jusqu'au bout de sa pensée et pourtant il était forcé de l'affronter, car elle s'imposait à lui avcc unc crucllc insistance.

Et si... elle était dans le coma ?

Et si, comme il arrive souvent, elle ne se sortait jamais de ce coma et en mourait ?

Oui, s'il allait la perdre, elle, l'unique et absolue gardienne de sa joie, la belle Tatiana?

Il sentit alors monter en lui des larmes de désespoir qui étaient aussi des larmes de rage contre sa bêtise, contre cet égoïsme absurde qui l'avait poussé à enlever sa fille, puis à émettre, la veille, ce vœu insensé de ne jamais être séparé d'elle.

Comme il était puni de sa folie!

Alors, le visage blême comme un drap, comme le drap que peut-être, dans quelques heures, il devrait étendre sur le corps froid de sa fille, il hurla son nom avec l'énergie du désespoir :

– Tatiana!

4

Le réveil de Tatiana avait toujours comblé son père, mais jamais il ne lui procura une joie et un soulagement aussi grands que ce matin-là. Lui qui n'avait jamais cru en Dieu, il remercia spontanément le ciel. Tatiana vivait, c'était le principal. Tout le reste n'était que littérature puisque sa fille respirait, et lui de même, à travers le parfum de son haleine...

Comme elle était belle ! En fait, il la trouvait plus belle que jamais, comme on trouve belle une maîtresse magnifiée par une longue absence. Pendant la nuit, elle avait crû en grâce et en beauté. En sagesse aussi, semblait-il, parce que dans ses yeux bleus comme la mer d'Italie brillait un éclat plus intelligent que la veille, comme si la conscience se manifestait davantage en elle, ce qui était totalement naturel puisqu'elle avait tant vieilli en une seule nuit.

– Oh ! ma belle Tatiana...

Il la serrait dans ses bras, couvrant ses joues de baisers, et ses doigts tremblants se perdaient dans ses boucles abondantes et blondes.

– Tatiana..., répéta la fillette.

Ulysse sursauta. La veille encore, la petite ne faisait que gazouiller, et maintenant elle pouvait prononcer distinctement son nom !

– Tatiana…, dit-il en tendant son index vers le beau visage étonné et ravi.

Et la petite répéta :

– Tatiana…

Ulysse n'en revenait pas ! Elle avait répété le mot avec une facilité déconcertante. Il tendit le doigt vers son propre visage et dit :

– Papa…

Aussitôt la fillette répéta le mot le plus doux à l'oreille d'un père :

– Papa…

Ulysse était extatique. Il riait, fou de joie comme un chercheur d'or qui aurait enfin découvert un filon après des années de vaines recherches. Pendant quelques secondes, il oublia tout : l'échec de sa vie, la précarité de sa situation, sa curieuse métamorphose nocturne. Fée au pouvoir merveilleux, sa fille avait accompli ce qui est impossible au commun des mortels à moins qu'il ne soit retourné dans le sein de sa mère : elle avait refermé d'un seul geste magnifique et pourtant simple toutes les fenêtres du monde. Comme le malheur devant la grâce, l'échec devant la sagesse, la banalité de l'existence s'était évanouie. Il ne restait plus que Tatiana et lui.

Tatiana et lui se regardant, les yeux dans les yeux : instant si magique qu'en comparaison tous les tours d'Houdini auraient ressemblé à des trucs d'amateur.

De bruyants gargouillis dans l'estomac d'Ulysse le rappelèrent à la réalité. Il avait toujours faim le matin, mais aujourd'hui n'était pas un matin comme les autres, puisqu'il avait perdu dix kilos au cours de la nuit. Il avait besoin de refaire ses forces et il avait donc terriblement faim.

D'ailleurs, subitement, il éprouva une faiblesse, un vertige, son front se baignait de sueur, signe de famine.

– Papa a faim.

Avec sa bouche, il mima l'action de mastiquer des aliments, puis demanda :

– Tatiana a faim ?

– Tatiana a faim...

Comprenait-elle ce qu'elle venait de dire ou se contentait-elle de répéter mécaniquement les paroles de son père ? Dans un cas comme dans l'autre, c'était un exploit et Ulysse s'en émerveilla : Tatiana avait enchaîné trois mots et ainsi formé une phrase. Un fou rire secoua le père, ivre de fierté.

– Est-ce que tu te sens bien ? demanda-t-il, présumant sans doute des progrès de sa fille.

– Papa, dit la fillette, Tatiana a faim...

Il sourit : elle répétait les seuls mots qu'elle connaissait !

Il n'insista pas. Elle ne devait pas souffrir, sinon elle se serait plainte ou aurait pleurniché.

Il retourna à pas prudents vers son lit, s'y assit, roula son pantalon devenu trop long, ajusta sa ceinture et resserra aussi jusqu'au dernier œillet le bracelet de sa montre, s'inquiétant de nouveau de la maigreur de son poignet. Il pensa : « Ce que j'ai perdu, c'est ma fille qui l'a gagné ! » Au lieu de Chronos dévorant ses enfants, c'était la fille qui dévorait le père !

Chaque geste qu'il posait, même banal, il en faisait la patiente description à Tatiana.

– Papa marche vers le lit...

– Papa marche vers le lit..., répétait-elle avec une facilité déconcertante.

– Papa roule son pantalon…
– Papa roule son pantalon…
– Papa resserre sa ceinture…
– Papa resserre sa ceinture…

Il poursuivait sans relâche sa surprenante éducation, s'émerveillant chaque fois de la voir si précoce, et il faut dire qu'elle ne l'était que si on considérait qu'elle n'avait que six mois.

Il sortit du lit, peut-être un peu vite, et éprouva un nouveau vertige.

– Papa se sent un peu faible, admit-il.

– Papa a faim, dit Tatiana avec une pertinence étonnante.

Ulysse ressentit soudain une inquiétude, une frayeur, comme devant un phénomène incompréhensible : sa fille venait de faire une première observation, un premier raisonnement !

– Oui…, admit-il.

– Oui…

Il dit « oui » en hochant la tête de haut en bas, puis « non » en la dodelinant de gauche à droite.

Tatiana l'imita, unissant la parole au geste : nouvelle nourriture pour le ravissement d'Ulysse !

Il ne put s'empêcher de l'embrasser et déclara :

– Papa t'aime beaucoup, Tatiana.

Elle l'embrassa à son tour et dit :

– Tatiana t'aime beaucoup, papa.

Les larmes lui montèrent aux yeux. Lorsque sa fille vit son émotion, elle dit :

– Papa a faim.

Comme si, pour elle, la faim était la cause de tous les tourments, de tous les chagrins !

– Oui, beaucoup. Allons manger…

Mais, avant, il lui fallait trouver de nouveaux vêtements pour sa fille parce que ceux qu'elle portait la veille étaient beaucoup trop petits. Pour ne pas perdre l'équilibre avec Tatiana rivée à son ventre, il s'agenouilla doucement vers sa valise, qu'il n'avait pas complètement vidée depuis son arrivée. Elle était restée ouverte, sur le plancher, près du lit.

Lors de son départ précipité de l'appartement « conjugal », il y avait jeté pêle-mêle quelques vêtements, cinq ou six livres, un nécessaire de toilette ainsi que quelques photos, surtout de Portofino, le plus beau voyage de sa vie, du moins l'avait-il cru pendant un temps, jusqu'à ce que son luth constellé porte le Soleil noir de la Mélancolie…

Les photos de vacances qu'il avait glissées en hâte dans une enveloppe s'en échappaient. Devant l'hôtel Regina Helena aux volets jaunes comme un matin glorieux, sur l'étroite plage de galets, Ève, dans un maillot de bain noir qui contrastait merveilleusement avec l'or de ses cheveux, souriait à Ulysse, enchantée, comme si leur amour allait durer toujours, comme si elle savait déjà qu'elle portait la vie en elle : Tatiana…

Ulysse éprouva une émotion : il avait cru détester cette femme, pour tout le mal qu'elle lui avait fait, parce qu'elle l'avait trahi, parce qu'elle avait voulu tout lui voler, mais il l'aimait encore. Sinon, pourquoi aurait-il eu la gorge serrée par l'émotion en revoyant sa photo ?

Ève…

– Maman ! dit Tatiana émue en tendant un index vers la photo de sa mère.

Ulysse n'avait jamais prononcé ce mot devant sa fille, mais Ève avait dû le dire un million de fois et il faisait partie des souvenirs de Tatiana.

– Maman est…

Il ne savait pas quoi dire. Avouer la vérité ? Comment une enfant de cet âge pourrait-elle comprendre une chose qu'il ne comprenait pas lui-même : comment Ève et lui s'étaient aimés, puis séparés malgré l'enfant, et comment il avait décidé de la kidnapper, elle, parce que sa mère avait voulu la lui enlever.

– Maman était très gentille, se contenta-t-il de dire.

Il avait pour elle d'infinies réserves de haine, mais accabler une innocente enfant avec sa tristesse d'amant délaissé était au-dessus de ses forces, surtout qu'il se sentait responsable de ce qui venait d'arriver pendant la nuit et qui avait volé à Tatiana presque deux ans de sa vie.

Il fourra dans l'enveloppe les photos qui s'en étaient échappées, la fit commodément disparaître sous un pantalon, puis trouva un vieux t-shirt qui ferait l'affaire pour Tatiana. Mais, avant, il fallait lui mettre une couche. Celles qu'il avait étaient un peu trop petites, mais il parvint tout de même à lui en passer une, non sans difficulté d'ailleurs parce que la fillette était collée à son ventre et qu'il ne jouissait pas d'une très grande liberté de mouvement. Puis il lui enfila le t-shirt. Ce n'était pas parfait, car, comme il n'y avait pas de boutons, le devant du vêtement était arrêté par l'espèce de tube de chair qui le reliait à sa fille. Mais le t-shirt couvrait le dos de Tatiana, sa couche et le haut de ses cuisses, si bien qu'on aurait pu la croire attifée d'une robe un peu grande pour elle. Mais qui se formaliserait d'un détail pareil, surtout en plein cœur de l'été ?

Un rapide coup d'œil dans le vieux miroir de la chambre rassura tout à fait Ulysse : Tatiana passerait inaperçue. Personne ne se rendrait compte qu'elle était pour ainsi dire greffée à lui par cet étrange tube de chair !

Constamment, poursuivant l'éducation de sa fille, il décrivait chacune de ses opérations, même ses impressions, et Tatiana, véritable perroquet doté d'intelligence, répétait, apprenait les secrets de la langue, et peut-être du cœur de son père...

Comme si ces simples gestes quotidiens avaient épuisé ses ultimes réserves, il éprouva une nouvelle faiblesse et, bien que mourant de faim, il dut s'asseoir avant de sortir. Sa poitrine l'élançait comme s'il souffrait d'une crise d'angine. Il respira profondément à plusieurs reprises : cela pouvait, avait-il lu quelque part, apaiser un cœur affolé. Tatiana le regardait avec inquiétude.

– Papa a faim...

– Oui, dit-il en s'efforçant de sourire pour la rassurer.

Il se demandait surtout ce qui avait bien pu se passer pendant la nuit...

Comment allait-il se tirer de cette situation bizarre ?

Quelles en seraient les conséquences pour la santé de sa fille et la sienne ?

Retrouverait-il sa taille initiale ?

Lorsqu'il eut repris un peu de forces, il se releva.

– Viens, dit-il d'une voix enthousiaste comme si la situation était parfaitement normale, allons manger.

5

Pendant la nuit, il avait plu abondamment. L'air était débarrassé de sa lourdeur des derniers jours, et le ciel était bleu comme lorsqu'on part en vacances et qu'on a de la chance…

En mettant le pied dehors, Ulysse releva la tête, contempla le firmament et respira une grande bouffée d'oxygène, qui lui parut pur et vivifiant malgré la rue Sainte-Catherine et malgré le boulevard Saint-Laurent, qui, en général, l'été, ne sentent pas les roses…

Le moment de gloire d'Ulysse fut cependant de courte durée car il posa aussitôt le pied dans une flaque d'eau que l'administration négligente de l'hôtel n'avait pas asséchée.

– Merde ! pesta-t-il, sans penser à la déplorable influence que cela aurait sur sa fille.

Celle-ci aussitôt l'imita.

– Merde ! dit-elle.

Ulysse ne put retenir un éclat de rire. Et Tatiana, qui se croyait obligée de le singer jusque dans les moindres détails, se mit elle aussi à rire de bon cœur.

Ulysse eut envie de lui expliquer qu'il ne fallait pas dire « merde », mais il venait de le dire, et puis, de toute manière, ce n'était pas bien grave.

Il secoua avec irritation son soulier détrempé, comme d'ailleurs sa socquette et son pantalon, mais retrouva rapidement sa bonne humeur en contemplant la belle tête blonde de sa fille que le soleil du matin illuminait comme les peintres anciens, les têtes des chérubins.

Il n'avait pas fait trois pas rue Sainte-Catherine qu'il passa devant l'étal d'un marchand de journaux et remarqua la couverture d'un magazine qui montrait en gros plan des sœurs siamoises qui avaient été miraculeusement séparées grâce à l'art d'un certain docteur Fatus, chirurgien de renommée internationale. Ulysse s'empressa d'acheter le magazine.

Il était stupéfait. Quelle coïncidence! Non seulement il venait de trouver la solution à son problème, parce que, en somme, il était lié à sa fille comme si elle était une jumelle siamoise, mais encore il connaissait le docteur Fatus. C'était un ancien camarade de classe à qui il avait déjà donné des conseils pour des placements boursiers. Il s'était même rendu chez lui, dans sa luxueuse résidence d'Outremont.

Oui, pour une fois, la chance lui souriait, car il était évident que le docteur Fatus ne refuserait pas de l'opérer. Après tout, ce genre d'intervention était sa spécialité, et leur amitié étoufferait les hésitations qu'il pourrait avoir. Alors, le problème d'Ulysse serait réglé. Il pourrait rendre Tatiana à sa mère, plus vieille de quelques mois, bien sûr, mais était-il vraiment responsable de ce qui leur était arrivé?

Oui, il devait rendre visite au docteur Fatus le jour même. Il lui fallait toutefois manger une bouchée avant, parce qu'il se sentait de plus en plus faible, véritablement au bord de l'évanouissement.

Il héla un taxi, qui faillit d'ailleurs l'éclabousser en s'arrêtant un peu brusquement devant lui. Il demanda au chauffeur de le conduire avenue Laurier. Il serait alors à deux pas de chez le docteur Fatus, chez qui il se rendrait dès qu'il se serait restauré, puisque ce dernier habitait avenue Maplewood. Il fallait bien que le nom de l'avenue évoquât un bois car la vie d'Ulysse était un conte! Le taxi le laissa devant *Chez Lévesque*, célèbre établissement du quartier, qu'il avait fréquenté en des temps plus heureux.

– Voulez-vous une chaise haute? demanda non sans agacement le serveur en le voyant entrer avec Tatiana dans les bras.

Le restaurant n'interdisait pas la présence des enfants mais ne les accueillait pas non plus avec un enthousiasme débordant, parce que sa clientèle, plutôt sérieuse, était surtout composée d'hommes d'affaires, de marchands de la rue, de couples du quartier.

– Non, répondit Ulysse. Ce ne sera pas nécessaire.

D'une extrême maigreur, le dos voûté, le nez aquilin, le garçon louchait et, on l'aura deviné, n'était pas très joli. Il ne semblait pourtant faire aucun effort pour compenser sa disgrâce par de la gentillesse. Il parlait d'une manière cassante et avait des gestes impatients d'homme surmené, même si la journée ne faisait que commencer.

Il assit Ulysse et sa fille entre un jeune couple qui discutait avec vivacité et un vieil homme seul absorbé par son journal.

L'antipathique serveur s'étonna de voir Ulysse garder sa fille sur ses genoux et surtout face à lui, au lieu de l'asseoir tout naturellement sur une chaise. Il dévisagea Ulysse, du moins autant que son strabisme le lui permettait, puis, d'une voix désagréable, en secouant avec impatience le crayon avec lequel il s'apprêtait à noter la commande, il dit :

– Vous allez prendre… ?

« C'est quoi, ton problème, Quasimodo ? » pensa Ulysse, qui l'aurait probablement remis à sa place s'il n'avait craint d'attirer l'attention. Avec Tatiana greffée à son ventre, ce n'était certes pas la meilleure chose à faire. Dans d'autres circonstances, il se serait levé et serait allé donner son argent à un autre établissement, mais il était si affamé et si faible…

– C'est quoi, ton problème, Quasimodo ? demanda alors Tatiana.

Le garçon écarquilla les yeux. Comment une petite fille de deux ans à peine pouvait-elle se montrer si impertinente ? Et surtout comment un terme aussi insultant – Quasimodo – pouvait-il se retrouver sur des lèvres enfantines ? Le couple voisin avait entendu la réplique et étouffait un rire, qui les détendait de leur dispute d'amoureux.

Ulysse était désolé, même si un fou rire le gagnait, qu'il avait peine à réprimer. Mais il était surtout étonné. Comment sa fille avait-elle fait pour lire dans sa pensée ? N'était-ce pas déjà bien suffisant de répéter tout ce qu'il disait ? Il fallait pourtant qu'il dise quelque chose, qu'il s'excuse pour sa fille, qu'il la réprimande.

– Tatiana, dit-il avec une sévérité peu convaincante, il ne faut pas dire des choses pareilles. Tu m'entends ?

– Oui, mon petit papa. Je ne le dirai plus.

S'efforçant de retrouver son calme, Ulysse commanda des croissants, un café au lait pour lui et un grand verre de lait pour sa fille.

– Où as-tu appris ce mot, « Quasimodo » ? demanda-t-il à voix basse alors que le serveur s'éloignait avec sa commande.

– Je ne sais pas. Ça m'est passé par la tête, comme ça…, dit Tatiana en utilisant très habilement les mots, les phrases que son père lui avait patiemment enseignés dans le taxi.

Le couple d'amoureux s'était tourné vers Ulysse et sa fille, et continuait de sourire. Comme Ulysse était pâle ! N'était-il pas malade, peut-être atteint du sida ?

Ulysse leur jeta un regard contrarié et ils se détournèrent. Puis il se remit à contempler sa fille, qui l'avait bien fait rire, pendant que le petit couple reprenait la discussion là où il l'avait laissée. C'était la femme qui parlait.

– Tu me jures que tu ne la reverras plus, hein ? Tu me le jures, mon lapin ? Parce que sinon, moi, je ne pourrai plus jamais te faire confiance, tu comprends, mon lapin ?

L'homme se contentait de dire oui, ennuyé par les plaintes de sa compagne ou la tendresse animalière des petits noms dont elle le couvrait.

Ulysse écoutait malgré lui et il les enviait. Certes, comme tous les couples du monde, ils se disputaient, et, de toute évidence, au sujet d'une infidélité appréhendée ou déjà commise, ce qui était déprimant de banalité, mais, au moins, ils restaient ensemble, alors qu'Ève et lui s'étaient séparés, même s'ils avaient un enfant, ce qui normalement aurait dû...

Normalement...

Comme s'il y avait encore des choses normales!

– Ce n'est pas que je sois jalouse ou quoi que ce soit, poursuivait la femme alors que son compagnon hochait la tête, coupable ou résigné. Parce que, de toute façon, quelle femme pourrait être jalouse de cette petite dinde qui se prend pour une autre? Mais comme elle te tourne autour et qu'elle s'imagine des choses parce que tu... Enfin, tu sais ce que je veux dire..., hein, mon lapin?

– Pourquoi le monsieur et la madame se disputent? demanda Tatiana.

Elle avait posé sa question à voix basse, si bien que le couple n'avait rien entendu.

– Euh... je ne sais pas, je...

– Maman et toi, est-ce que vous vous disputez?

Elle le prenait de nouveau au dépourvu, parce que, bien entendu, elle ne savait pas encore qu'entre sa maman et lui c'était terminé.

Mais il ne fut pas obligé de répondre à cette délicate question, sauvé par le garçon qui revenait d'un pas nerveux avec une belle corbeille de croissants, le bol de café et le verre de lait. Ulysse se tourna de côté de manière que sa fille pût avoir plus facilement accès à la table, puis Tatiana et lui se mirent à manger comme de véritables ogres, avalant croissant sur croissant sans presque mastiquer, comme s'ils avaient jeûné pendant un mois.

À côté d'eux, le vieil homme, qui avait enfin refermé son journal, s'étonnait de cette goinfrerie. Et puis pourquoi ce père au teint cadavérique gardait-il sa fille contre lui pendant le repas ? C'étaient des choses qui ne se faisaient pas ! D'ailleurs, leurs manières n'étaient-elles pas étonnantes dans un quartier aussi distingué ? À la vérité, ils se conduisaient tous deux comme de véritables animaux, mangeant bruyamment, sans se soucier le moins du monde que les miettes volait partout et que le lait et le café coulent gaiement sur leurs joues exaltées...

Lorsque le garçon revint quelques minutes plus tard pour voir si tout allait bien à leur table et qu'il constata que la corbeille était déjà vide, il parut ahuri. Elle contenait au moins sept ou huit croissants, et, même avec un gros appétit, un homme et un enfant...

Enfin, il n'avait jamais vu ça ! Le petit couple non plus, qui semblait s'être réconcilié, et regardait Ulysse et sa fille avec étonnement, comme du reste bien des clients du restaurant.

– L'addition ! demanda tout de suite Ulysse qui comprenait qu'on les avait remarqués.

D'ailleurs – qui sait ? – peut-être un client plus physionomiste que le commun des mortels les avait-il reconnus, même si la chose était plutôt improbable car il avait l'air d'avoir vingt ans de moins que sur la photo qui avait circulé dans les journaux, et Tatiana ne ressemblait plus du tout au poupon que le scandale avait rendu célèbre dans toute la ville.

– D'accord, c'est..., bafouilla le garçon, c'est...

Il fit un calcul rapide et compléta sa phrase :

– C'est seize dollars cinquante.

Ulysse se leva, jeta un billet de vingt dollars sur la table et partit immédiatement.

6

Sur le trottoir, Ulysse éprouva un petit bien-être, une sorte d'extase digestive, et ne put réprimer un rot que Tatiana s'empressa d'imiter. Il rigola de nouveau. Quelle complice extraordinaire était sa fille!

Il aperçut son reflet dans la vitrine du restaurant. Quelques instants, il avait oublié à quel point il avait rapetissé pendant la nuit. Il ne savait pas si cette mystérieuse métamorphose allait se poursuivre, mais il ne pouvait pas courir le risque car alors il aurait l'air d'un véritable nain et l'enfance de sa fille serait perdue à jamais...!

Il fallait se précipiter immédiatement chez le docteur Fatus.

– Ulysse? fit alors une voix féminine étonnée.

Il se retourna et aperçut devant lui, dans une robe noire comme un jour de deuil, une femme seule, d'une quarantaine d'années, qui avait sans doute été belle mais que la tristesse avait fanée. Il lui semblait la connaître, ou en tout cas l'avoir connue, mais il n'en était pas certain. C'était trop loin, et peut-être d'ailleurs se trompait-il, car il était plutôt confus depuis quelques jours.

– Je... je ne crois pas vous...

Il n'acheva pas sa phrase. Il voulait dire, bien entendu, qu'il ne croyait pas la connaître. Et c'est ce que l'étrangère comprit. Elle le dévisageait comme si elle fouillait sa mémoire, s'interrogeait, tout à coup perplexe.

– Je… je m'excuse, j'avais cru… Vous ressemblez comme un sosie à quelqu'un que j'ai connu il y a très longtemps.

Elle s'excusa et poursuivit son chemin. Il ne la retint pas. Et pourtant il l'avait reconnue tout à coup, car tout un pan depuis longtemps oublié de sa vie était remonté des eaux sombres de sa mémoire. Mais une honte soudaine avait empourpré ses joues blêmes. Il avait été son premier amour, son premier chagrin, lorsqu'ils n'avaient tous deux que vingt ans et que tout était possible…

Après leur rupture, ils ne s'étaient jamais revus, et elle avait forcément conservé de lui l'image du jeune visage tant aimé qu'il avait mystérieusement retrouvé pendant la nuit.

Leur rupture…

Il l'avait provoquée, pas très élégamment d'ailleurs. Lorsqu'elle lui avait annoncé qu'elle était enceinte de lui, il avait réagi comme tout homme de vingt ans farouchement épris de liberté. Il avait paniqué et l'avait quittée cavalièrement, comme Ève l'avait quitté. La vie ne lui rendait-elle pas, à vingt ans de distance, avec sa mystérieuse comptabilité, la douloureuse monnaie de sa pièce ? Bouleversée de chagrin, Marie-Ève, un ami commun le lui avait appris, avait perdu l'enfant au bout d'un mois.

Comme Ulysse avait perdu Tatiana…

Cette pensée le visita, venue il ne savait d'où, et, même si elle était horrible, elle était aussi une rosée, parce que, malgré son amertume, elle renfermait une leçon, ce qui est toujours une promesse de bonheur. Des frissons parcoururent alors le corps d'Ulysse, devenu tout à coup le voyageur de son passé, et il se dit : « Je sais maintenant les arcanes du destin. Je sais la raison de mon infortune. On n'échappe pas à sa faute. Le temps dans sa valise apporte le châtiment, comme la nuit apporte les ténèbres. Ève m'a volé le trésor que j'avais volé à Marie-Ève. »

Il se retourna et eut envie de courir après Marie-Ève, de s'agenouiller devant ce fantôme de son passé et d'implorer son pardon, de lui dire qu'il s'excusait de tout le mal qu'il lui avait fait. Mais il était trop tard. Elle ne comprendrait pas, ne pourrait croire que c'était lui, même si, un instant, elle avait cru le reconnaître, lui qui, un jour, par son insupportable légèreté, l'avait rendue inconsolable...

Et puis il y avait Tatiana.

Elle non plus ne comprendrait pas.

Et, de toute façon, il n'y avait pas une minute à perdre...

Avec elle, au moins, il avait une chance de racheter sa faute, de réparer sa terrible bêtise.

Oui, il fallait tout de suite se rendre chez le docteur Fatus, qui, par un seul coup de son scalpel magique, arrangerait tout.

– Tu es triste, mon petit papa ? demanda Tatiana, qui avait bien vu son désarroi.

« Mon petit papa »...

C'était vrai qu'il était petit et c'était vrai qu'il était son papa, mais la combinaison de ces deux mots simples dans la bouche de sa fille lui arrachait presque des larmes.

« Mon petit papa »...

– Non, non, dit-il.

Il avait un peu honte de commencer à mentir à sa fille si jeune, mais c'eût été trop compliqué de tout lui expliquer, et puis son passé n'était pas un musée qui convenait à l'innocence enfantine...

D'abord, il pensa prendre un taxi pour se rendre chez le docteur Fatus, mais il y renonça. L'excentrique chirurgien habitait à mille mètres à peine de *Chez Lévesque*, juste en haut de la colline, avenue Maplewood.

Ce serait plus rapide d'y aller à pied. Il se mit résolument en route, mais, en passant devant la librairie Hermès, il s'immobilisa. Il ressentit un nouvel émoi, comme lors de la rencontre de son amour ancien. La vitrine de la librairie où il était allé tant de fois bouquiner avant son déclin était entièrement consacrée à Nerval, dont on voyait un grand portrait, croqué peu de temps avant qu'il ne sombrât dans la folie. Et il pensa que le sort, fidèle comme son ombre, le poursuivait où qu'il allât, aussi vive que fût sa fuite...

– Ça ne va pas, mon petit papa ? s'enquit Tatiana à qui ne semblait échapper aucune des humeurs paternelles, même les plus subtiles, même les plus secrètes...

– Oui, oui, dit-il.

S'efforçant de sourire, il détourna le regard de cette vitrine trois fois maléfique comme Hermès Trismégiste était trois fois grand.

Son sourire ne convainquit guère sa fille, d'autant qu'il se transforma tout à coup en une grimace car Ulysse venait d'apercevoir, sortant de la librairie, un de ses anciens collègues courtiers, qui allait de succès en succès. Il voulait à tout prix éviter cette rencontre car il serait obligé de lui avouer qu'il n'avait pas encore trouvé à se replacer, même après un an et demi, et que d'ailleurs il ne cherchait même plus à le faire, parce qu'il en avait assez de se heurter à des refus, de lire toujours la même prose : « Malgré vos qualités évidentes et votre c.v. impressionnant, votre profil ne correspond pas au candidat que nous recherchons... »

Au surplus, il était séparé de sa femme, recherché par la police pour l'enlèvement de sa fille...

Il détourna la tête et voulut traverser la rue, mais, dans sa précipitation, il ne vit pas la Mercedes qui roulait dans sa direction et qui dut freiner bruyamment pour ne pas le renverser. Ulysse demeura un instant immobile, pétrifié, mesurant toute l'ampleur du danger auquel il venait d'échapper : un peu plus et il se faisait écraser avec sa fille !

Son cœur battait à tout rompre tandis que Tatiana riait aux éclats, inconsciente du danger qui venait de les menacer, comme un enfant qui s'amuse dans un manège.

– Oh ! papa, recommence ! C'est amusant... !

Il s'efforça de sourire, puis brusquement il éclata de rire. Ce n'était pas que l'hilarité de sa fille l'avait enfin gagné : c'était qu'il venait de réaliser à quel point sa conduite avait été absurde. Comme il arrive si souvent, il s'en était fait pour rien, ce qui avait failli leur coûter la vie, à sa fille et à lui. Sa gêne avait été inutile tout autant que sa dérobade, pour la simple et bonne raison que son collègue n'avait pratiquement aucune chance de le reconnaître puisqu'il avait l'air d'avoir vingt ans de moins que la dernière fois !

Il décocha un sourire contrit à la conductrice de la luxueuse berline, une vénérable septuagénaire à la chevelure aussi argentée que son mari, la laissa passer et traversa la rue prudemment.

De l'autre côté, il passa devant le magasin Filion, une boutique de jouets pour enfants. Dans sa vitrine, Tatiana aperçut une poupée qui retint son attention. C'était un ourson de peluche rouge, ou plus précisément un personnage assez connu de la télé enfantine que Tatiana n'avait pourtant jamais vu et qui s'appelait Elmo.

– Oh! papa, je le veux, je le veux! dit-elle en désignant l'objet de sa convoitise.

– On n'a pas le temps. Tout à l'heure peut-être, trancha Ulysse avec fermeté même s'il était déçu de contrarier sa petite fille.

Pressant le pas, il atteignit bientôt le chemin de la Côte-Sainte-Catherine, non sans éprouver un essoufflement considérable. Ses forces étaient moindres, et il devait porter une fillette de quinze kilos, peut-être plus, ce qui n'était pas une sinécure!

Après une brève pause, pressé par l'urgence de l'opération, il tourna à gauche et se dirigea vers l'avenue Maplewood. Lorsqu'il avait pris la décision de marcher, il avait oublié que la fin de la prestigieuse artère avait une pente assez abrupte et qu'en outre il était surchargé. Après un moment de découragement, il resserra sa ceinture, qui paraissait s'être distendue, si bien que son pantalon pendouillait de nouveau sur ses souliers trop grands, ce qui n'avait pas facilité son expédition. Et, encouragé par l'imminence du but, il s'engagea résolument dans l'avenue Maplewood. Il atteignit enfin la résidence du médecin, un très beau manoir de style victorien, en pierres brunes, dont la partie droite était flanquée d'une tourelle fort romantique. Ulysse était dans un tel état d'essoufflement que, malgré son impatience, il préféra attendre avant de frapper.

Enfin, haletant encore mais soulagé à la pensée que son calvaire prenait fin, il agita sur la porte de chêne le lourd heurtoir de bronze, qui lui fit penser bizarrement à la plaque de bronze qui rappelait, à Portofino, les égarements de Maupassant...

7

Veuf depuis peu, le docteur Fatus avait une nombreuse famille de sept enfants, mais c'est un vieux domestique qui ouvrit la porte à Ulysse.

– Je voudrais voir le docteur Fatus.

– Est-ce que vous avez un rendez-vous ?

– Non.

– Le docteur Fatus ne reçoit pas le dimanche.

– Tu me le jures, mon lapin ? demanda alors Tatiana avec drôlerie, imitant sans s'en rendre compte la femme qui, au restaurant, suppliait son amant infidèle.

Le domestique écarquilla les yeux. Que pouvait bien vouloir dire cette enfant ?

Malgré son angoisse, Ulysse laissa libre cours à son hilarité. À quelque chose malheur est bon : un bon mot, même involontaire, fait tout oublier. Pendant trois secondes. Recouvrant son sérieux, il dit :

– Dites-lui que c'est son ami de collège Ulysse qui veut le voir.

À l'annonce de son nom et au souvenir de leur amitié ancienne, le célèbre chirurgien accepta de le recevoir. C'était un homme assez imposant, qui avait des sourcils très broussailleux et des cheveux poivre et sel. En apercevant Ulysse, le docteur Fatus, qui était au courant, comme à peu près tout le monde, de son histoire d'enlèvement, ne le reconnut pas.

– Je... je crois que vous faites erreur, monsieur...

– Mais non ! C'est moi, ton ancien camarade de classe !

Et, devant le scepticisme de son hôte, il évoqua un souvenir de collège, un souvenir commun qu'eux seuls pouvaient connaître. Alors, le docteur Fatus écarquilla les yeux à son tour.

– Ulysse ?

– Oui, c'est moi...

– Mais qu'est-ce qui a bien pu t'arriver ? On dirait que tu as vingt ans de moins... Et je... je pensais – enfin, c'est ce qu'on a écrit dans les journaux – que ta petite fille avait seulement six mois...

– Elle a seulement six mois...

– Mais je ne comprends pas...

Alors, Ulysse lui expliqua la mystérieuse métamorphose nocturne qui avait affecté autant sa fille que lui. Ahuri, le docteur Fatus écouta en silence, puis souleva le t-shirt qui servait de robe à Tatiana et examina son ventre curieusement soudé à celui de son père, au niveau du nombril.

– C'est la première fois de ma vie que je vois une chose pareille, déclara-t-il après son bref examen.

– Il faut que tu m'opères immédiatement, l'implora Ulysse. Tu es la seule personne qui puisse me sauver.

– Mais je ne peux pas t'opérer comme ça, Ulysse. Il faut d'abord faire des examens, et surtout des radiographies, pour voir ce que contient cette espèce de tube de chair qui vous relie. Ce serait beaucoup trop risqué d'opérer tout de suite, surtout pour ta petite fille. Tu ne voudrais quand même pas qu'il lui arrive quelque chose!

– Non, surtout pas.

Le docteur Fatus parut réfléchir un instant, puis il dit :

– Écoute, reviens me voir demain matin et nous nous rendrons ensemble à l'hôpital. Je t'hébergerais bien, mais j'ai sept enfants qui sont partis à la Ronde avec la gouvernante, et, lorsqu'ils seront de retour, je crains que...

– Je comprends, je comprends...

– Est-ce que tu as un endroit où rester?

– Oui, oui, lui assura Ulysse.

– Tiens, dit-il, voici ma carte. S'il y a quelque chose, n'hésite pas à m'appeler.

Il y eut un silence pendant lequel le chirurgien considéra son ancien ami de collège. Il avait sûrement mal tourné pour en arriver là, et il devait être aux abois financièrement.

– As-tu besoin d'argent?

– Euh... je... Enfin, si tu pouvais, pour quelques jours seulement...

Le chirurgien ne le laissa pas terminer. Plongeant la main dans sa poche, il en sortit une liasse dont il tira trois billets de cent dollars.

– Tiens, dit-il, prends ça, en souvenir de notre jeunesse...

– Mais non, je..., voulut protester Ulysse.

Mais il accepta finalement et remercia son ami de sa générosité. Il repartit pourtant avec une certaine angoisse car il eût préféré que son ami chirurgien l'opérât tout de suite.

8

Sur le balcon du magnifique manoir, Tatiana demanda :

– Papa, est-ce que je peux te dire quelque chose ?

– Mais oui, mon ange.

À en juger par l'expression de sa voix, il s'attendait à quelque surprenante révélation comme sa fille semblait en avoir le secret.

– J'ai faim, confessa-t-elle.

Avec une certaine honte, parce que, moins d'une heure plus tôt, elle s'était empiffrée.

– Moi aussi...

Malgré l'orgie de croissants, il avait encore faim lui aussi, comme si sa promenade s'était avérée encore plus digestive que prévue. Ou peut-être était-ce les émotions qui le creusaient, ou la mystérieuse métamorphose qui se poursuivait et drainait secrètement tous ses sucs...

Une célébrité à qui on demandait un jour ce que cela lui faisait de vieillir répondit : « Rien, sauf que les escaliers, je préfère maintenant les descendre que les monter. » Jamais cette boutade ne parut d'une sagesse plus souriante à Ulysse que lorsqu'il redescendit d'un pas allègre la pente de l'avenue Maplewood, qu'il avait gravie avec une peine infinie.

Ayant regagné l'avenue Laurier, ils repassèrent devant la vitrine de la boutique de jouets Filion. Ulysse avait oublié sa promesse, mais non sa fille, qui réclama à grands cris la rubiconde poupée.

Ils entrèrent dans la boutique, où une nuée d'enfants s'agitait devant les étalages de jouets. Ulysse trouva sans peine la poupée convoitée par Tatiana, mais eut le désagrément de découvrir qu'elle coûtait près de cinquante dollars. Comme il n'avait plus de revenus depuis longtemps, même s'il avait reçu trois cents dollars du généreux docteur Fatus, toute dépense un peu forte l'angoissait, car son maigre pécule diminuait à vue d'œil comme une misérable peau de chagrin : la vie d'hôtel, même d'hôtel borgne, était dispendieuse ! Mais cet achat était pour sa fille unique, et ce que fille veut, papa le veut !

Il acheta donc Elmo, l'arracha de son emballage cartonné avant même de quitter la boutique, et le tendit à sa fille qui agitait dans sa direction ses menottes impatientes. Comme s'il s'agissait de son propre enfant ou en tout cas de son petit frère, elle serra tout de suite sa poupée contre son cœur. Elmo répondit aussitôt à sa tendre pression : « Oh là là ! Ça chatouille ! » Tatiana ouvrit de grands yeux : elle était ébahie.

– Elle parle ! s'extasia-t-elle.

Dans le peu de liberté de mouvement que lui permettait le tube de chair, elle examina la poupée pour en découvrir le mystérieux mécanisme.

Ulysse s'émouvait lui aussi, non pas parce que le jouet parlait, mais parce que sa fille, elle, parlait, et qu'elle n'avait que six mois, et que c'était prodigieux de l'entendre ainsi s'exprimer.

Une fillette de trois ou quatre ans s'avança vers Ulysse et Tatiana et tendit la main vers Elmo, comme si elle voulait elle aussi le faire parler. Mais sa mère, à qui elle avait échappé, la rattrapa et la réprimanda :

– Deborah, laisse le monsieur et sa petite fille tranquilles. Le joujou n'est pas à nous.

Tatiana ne dit rien et tendit généreusement sa poupée à la petite Deborah, qui s'empressa de la presser, si bien qu'elle répéta sa banale plainte : « Oh là là ! Ça chatouille ! »

– Deborah, je t'ai dit de ne pas importuner le monsieur et sa petite fille...

Ulysse protesta que ce n'était rien, mais déjà la maman récupérait sa fillette.

– J'en veux un, moi aussi !

– Tu as déjà assez de jouets, la rabroua la mère, exaspérée.

L'ayant prise par le poignet, elle l'entraîna vers la sortie.

Comme par solidarité enfantine spontanée, Tatiana regarda avec tristesse la petite Deborah s'éloigner. Ulysse le remarqua et s'enquit :

– Qu'est-ce qu'il y a, ma petite princesse ?

– Je suis ta petite princesse, moi ?

– Mais oui, bien entendu.

– Ah bon ! dit-elle en souriant comme si le compliment l'emplissait de fierté.

Puis, après une pause, elle demanda, de manière décevante mais drôle :

– C'est quoi, au juste, une princesse ?

Ulysse se rappela qu'il n'avait encore jamais utilisé ce mot avec elle et que par conséquent elle ne pouvait pas en deviner le sens malgré la précocité de son intelligence.

– Oh ! c'est une petite fille qui est très belle, très gentille, et qui vit dans un château...

– On vit dans un château, nous ?

– Non, mais... Enfin, je t'expliquerai cela une autre fois.

– Comme tu voudras, mon petit papa.

Mais une tristesse voilait encore ses beaux yeux bleus qui, l'instant d'avant, brillaient de toute la joie qu'elle avait de posséder sa nouvelle poupée.

– Qu'est-ce qu'il y a, ma chouette ? Tu n'es pas contente d'avoir Elmo... ?

Elle ne répondit pas tout de suite, mais regarda plutôt la petite Deborah qui, déçue d'avoir été rabrouée par sa mère, quittait la boutique la tête basse.

– Moi, est-ce que je vais pouvoir marcher un jour, comme elle ?

La question bouleversa Ulysse.

– Mais..., bafouilla-t-il, étouffé par l'émotion, bien sûr que tu vas pouvoir marcher...

– Même si je ne suis pas normale ?

« Normale »...

Où avait-elle déniché ce mot abstrait, du moins pour une enfant de deux ans qui n'avait en fait que six mois ? Ah oui ! il se rappelait... Pendant la course en taxi, il avait pesté contre une jeune fille aux cheveux mauves qui voulait laver le pare-brise, moyennant une obole.

« Il n'y a plus personne de normal », avait-il laissé tomber, découragé, oubliant, comme on le fait presque toujours lorsqu'on condamne les autres, à quel point sa propre situation était anormale.

À moins que, par quelque mystérieux jeu de vases communicants, sa fille pût puiser dans la mémoire paternelle.

– Mais bien sûr que tu es normale ! protesta Ulysse.

– Mais je ne peux pas courir comme les autres petites filles...

– Mais tu vas pouvoir courir dès demain. Le docteur Fatus va tout arranger. Ça ne fera pas bobo, et tu vas être guérie.

– Si je vais être guérie, c'est parce que je suis malade, hein ? dit-elle avec une logique implacable.

– Non, tu n'es pas malade...

– Mais comment se fait-il que je sois née comme ça, collée sur ton ventre ?

À travers le t-shirt blanc que son père lui avait enfilé et qui lui tenait fort commodément lieu de robe, elle touchait le cylindre de chair et, comme si elle en souffrait, elle esquissait une grimace dégoûtée, si insupportable pour son père qu'elle était comme un coup de poignard dans son cœur épuisé. À la vérité, jamais de sa vie Ulysse ne s'était senti aussi honteux, aussi malheureux.

Il y avait dans la boutique un fauteuil pour enfant qui était probablement à vendre, mais Ulysse s'y assit comme s'il était destiné au repos des clients. Il était fatigué et c'était plus commode pour converser avec sa fille.

– C'est un accident, simplement un accident, mais demain tu vas pouvoir courir comme toutes les autres petites filles.

– Tu me le promets ?

– Oui, je te le promets.

Un instant, elle parut satisfaite, rassérénée, mais tout de suite elle enchaîna avec une autre question tout aussi troublante que les précédentes :

– Et ma maman, quand est-ce qu'on va la voir ?

S'il n'avait pas été déjà persuadé à quel point l'enlèvement de Tatiana était insensé et cruel pour sa fille, cette seule question eût suffi à l'en convaincre.

– Bientôt, se contenta-t-il de dire, ne sachant que répondre.

– Elle est où, ma maman ?

– Elle est... en voyage ! acheva-t-il, heureux de sa trouvaille, qui lui laissait du jeu.

– Pourquoi est-ce qu'elle est partie en voyage ?

– Parce que...

– Est-ce parce qu'elle ne m'aime pas ?

– Mais non, mais non ! Je ne vois pas pourquoi tu dis ça...

– Parce qu'elle aurait pu nous emmener avec elle. Quand on aime quelqu'un, est-ce qu'on ne veut pas toujours être avec lui ?

– Oui, c'est vrai, mais parfois les mamans doivent passer un peu de temps toutes seules, sans leur petite fille, même si elles l'aiment beaucoup, parce que c'est très fatigant d'être une maman, tu sais.

– Et être papa, est-ce que c'est fatigant ?

– Euh... oui, mais ce n'est pas la même chose.

Il avait envie de lui dire que ce n'était pas fatigant mais plutôt exténuant, surtout quand on était mystérieusement diminué et qu'on devait constamment porter dans ses bras, plus lourde que le poids des ans, une fillette de quinze kilos.

– Ah ! je vois, dit-elle.

Elle parlait déjà comme une adulte, parce que, même si elle disait qu'elle voyait, il était visible qu'elle ne voyait rien du tout.

Ulysse la regardait, embarrassé par ses questions, par sa précocité. Et il comprenait qu'il avait fait une terrible erreur.

S'il ne pouvait vivre sans sa fille, sa fille, elle, ne pouvait vivre sans sa mère. La quadrature du cercle, à côté de ce casse-cœur, était un véritable jeu d'enfant.

Et pourtant il connaissait la solution, la seule, l'unique solution. Il savait la coupe qu'il devait porter à ses lèvres malgré l'amertume du vin... Et, même s'il ne voulait pas pleurer devant sa fille pour ne pas l'inquiéter, les larmes lui montaient encore aux yeux : il lui fallait rendre Tatiana à sa mère.

Et prier tous les saints du ciel et de la terre, et espérer que, malgré l'enlèvement, malgré leur bizarre métamorphose qui avait fait vieillir Tatiana de presque deux ans et qui, par conséquent, lui avait volé autant d'années de son enfance, Ève lui pardonnerait sa faute et le laisserait quand même voir sa fille, sinon, il le savait, ce serait la fin pour lui...

Il détourna la tête pour ne pas que sa fille voie ses larmes, qu'il essuya d'un geste furtif de la main.

– Toi, ma maman, est-ce que tu l'aimes ? demanda Tatiana, qui décidément était d'une humeur inquisitrice et avait le don de lui poser les mauvaises – ou les bonnes ! – questions.

– Mais... oui, bien sûr que je l'aime.

Et il lui répugnait de lui mentir une fois de plus, mais peut-être, au fond, lui disait-il la vérité, car la distance n'est peut-être pas si grande entre la haine et l'amour, et aurait-il détesté Ève si elle ne lui avait pas enlevé Tatiana ? Comment savoir ?

– Pourquoi dis-tu ça ?

– Parce que hier, pendant la nuit, j'ai fait un rêve.

– Ah bon !…

– J'ai rêvé que tu tuais ma maman…

Ironie des songes, puisque c'était Ève, en somme, qui l'avait jeté à la renverse, et non le contraire. Mais il ne faut sans doute pas trop en demander à la nuit, surtout si elle ne nous punit pas de quelque insomnie…

– Oh ! ma pauvre Tatiana, il ne faut pas que tu t'en fasses. Les rêves, ce ne sont que des inventions.

– Des inventions ?

– Oui. Des choses qui ne sont pas vraies et qui n'arrivent jamais dans la vraie vie.

– C'est quoi, la vraie vie ?

– C'est…

C'était une question à laquelle, depuis deux millénaires et quelques poussières, les philosophes les plus profonds s'étaient heurtés comme des bourdons enfermés dans une bouteille de verre tournée du côté opposé à la lumière. Alors lui, le pauvre Ulysse, qui avait passé l'essentiel de sa vie dans les chiffres, c'est-à-dire à côté de l'essentiel, était bien mal placé pour expliquer à Tatiana le mystère des mystères. À côté de cela, l'amour, que pourtant personne ne comprend, est un problème pour écolier !

Mais il ne pouvait laisser ainsi sa fille sur sa faim philosophique, d'autant qu'elle était déjà affamée de corps. Cela aurait peut-être été dommageable. Il fit alors comme fait tout le monde et, même s'il ne comprenait rien, il y alla d'une explication :

– La vraie vie, c'est d'être avec son papa et sa maman, et c'est de s'aimer bien fort.

Tatiana poussa des cris de joie, comme si l'explication paternelle équivalait à une promesse.

– Oh! oh! Est-ce que ça veut dire qu'on va voir maman?

– Oui, on va la voir très bientôt...

– Bientôt, c'est quand au juste? C'est long comment?

– Je ne l'ai jamais mesuré, mais c'est...

Il allait dire «bientôt» mais il l'avait déjà dit. Alors, il dit :

– C'est à peu près aussi long que le temps que prend le soleil pour se coucher et se lever...

– Tu veux dire demain alors, si je comprends bien!

– Euh..., dit-il, surpris de son agilité mentale, oui, c'est ça...

La petite, qui était une géante pour un bébé de six mois, se mit à battre des mains et à sourire aux anges, ce qui était bien explicable parce qu'elle reverrait bientôt l'ange de sa vie, sa maman chérie.

De bruyants borborygmes rappelèrent alors à Ulysse qu'il avait immensément faim, et sa fille devait être dans le même cas, car elle s'en était plainte avant lui.

– Viens, dit-il, allons manger un bon poulet à la rôtisserie Laurier.

Mais, en sortant de la boutique, il eut l'impression que tout était perdu et qu'il n'irait pas se délecter de succulente volaille, car une voiture de police avait ralenti devant lui et l'agent circonspect regardait dans sa direction.

9

Pourquoi cet agent le toisait-il avec insistance, comme s'il l'avait reconnu ? Il ne pouvait pas le reconnaître puisqu'il était justement méconnaissable, avec son visage de jeune homme, sa taille diminuée, et sa fille qui avait tant profité. Mais on sait que les policiers, par déformation professionnelle, voient des choses que les gens ordinaires ne voient pas et, par déformation professionnelle également, ne voient pas des choses que les gens ordinaires voient.

« Sale chien ! » grommela Ulysse à voix basse pour ne pas que cette nouvelle inconvenance vînt enrichir le vocabulaire de Tatiana, qui savait déjà ce que « merde » voulait dire.

Et, dans sa tête inquiète, il déroula cette tirade comme un pourpre ruban :

« Cesse de me dévisager ainsi. C'est ma photo que tu veux ? Va ton chemin, va arrêter les véritables criminels au lieu d'embêter les honnêtes gens. Il est vrai qu'aux yeux de la loi j'ai commis une faute, c'est écrit en toutes lettres dans l'avis de recherche lancé contre moi, mais si j'ai enlevé ma fille, c'est qu'on me l'avait déjà volée. Alors, moi aussi j'ai pour moi la loi, celle du talion, qui est plus ancienne que la tienne, et tu peux donc aller te rhabiller, pauvre marionnette à casquette ! »

Le cœur d'Ulysse palpitait et il ne savait que faire. Enfin, il pensa qu'il était préférable de ne pas rester planté là, car il finirait par mettre la puce à l'oreille du policier, si ce n'était déjà fait. Il n'avait même pas eu le temps de se remettre à marcher que la voiture de l'agent s'éloignait. Ça n'avait été qu'une fausse alerte! Ulysse souffla.

– C'est un chien? demanda Tatiana.

Nouvel étonnement de son père : par quelle divination inquiétante Tatiana avait-elle perçu cette pensée?

– C'est une manière de parler...

Il riait tout doucement.

– Je n'aime pas leur tête, aux chiens, dit Tatiana.

– Moi non plus...

Il se réjouissait car elle était bien sa fille pour partager avec lui cette haine de l'autorité et de ses lugubres messagers.

– Est-ce que le cœur nous fait toujours mal quand on voit un chien?

Nouvelle stupeur d'Ulysse devant cette mystérieuse osmose entre sa fille et lui. Ainsi donc, il n'y avait pas que son sang, que sa chair qui passait de son ventre à celui de sa fille...

– Ton cœur fait mal?

– Oui, avoua-t-elle. Mon cœur a fait boum...

– Ce n'est pas grave, ce n'est pas grave, dit-il. Ça va partir dès que nous aurons mangé. Viens, dépêchons-nous, allons au Laurier!

Il disait «viens» de manière purement mécanique, car elle ne pouvait que le suivre.

En se dirigeant vers la rôtisserie Laurier, ils tombèrent sur la charmante vitrine de la boutique pour enfants Deslonchamps. Une mignonne robe y était exposée, à laquelle il ne semblait manquer qu'une heureuse propriétaire, qui ne pouvait être une autre que Tatiana, si bien qu'Ulysse ne put résister à la tentation de l'offrir à sa fille. Tatiana voulut la revêtir tout de suite, car sa coquetterie naissante lui faisait déjà abhorrer l'inélégant t-shirt qu'elle était condamnée à porter.

– Non, non, protesta son père. Garde-la pour demain, pour faire une surprise à maman.

– C'est vrai ? On va voir maman demain ?

– Oui, c'est vrai. Je te le promets.

– Oh ! il est temps que bientôt arrive, parce que moi je m'ennuie tellement de maman que ça me fait mal ici…

Elle désignait son petit cœur.

– Ça va arriver bien vite, ne t'en fais pas.

– Et les souliers, demanda alors Tatiana, est-ce que je peux les porter tout de suite ? Dis, papa.

Ulysse avait également craqué devant de petits souliers, même s'ils avaient coûté les yeux de la tête.

– Oui, si tu veux.

– Oh ! je t'aime tant, mon petit papa…

Elle prit sa tête à deux mains et l'embrassa, tandis qu'il fondait sous cette caresse et qu'il lui fallait déployer des efforts infinis pour ne pas se mettre à pleurer.

Chose dite, chose faite. Mais mettre les nouveaux souliers à sa fille ne fut pas une chose facile, vu la délicate position.

La vendeuse d'ailleurs les observait, intriguée, se demandant pourquoi diable Ulysse gardait si peu commodément sa fillette dans ses bras au lieu de l'asseoir tout simplement sur une des chaises que la boutique mettait à la disposition des clients. Mais comme le client a toujours raison... Et puis, après quelques contorsions, les efforts d'Ulysse furent couronnés de succès, et Tatiana trépigna.

Quelques secondes plus tard, Ulysse tirait la porte du restaurant, qui avait toujours été lourde mais qu'il trouva encore plus lourde ce jour-là, parce qu'il était plus faible et plus las.

Il choisit, dans la section de droite, une banquette qui avait toujours été son siège préféré et qui heureusement était libre. Il s'y laissa tomber avec soulagement. Il était exténué d'avoir porté si longtemps sa fille. Il refusa la chaise haute que lui proposa gentiment la serveuse, une quinquagénaire rondelette et rougeaude qui l'appelait « mon petit monsieur », et commanda un poulet entier avec un monceau de frites, le tout arrosé d'une orangeade pour sa fille et d'un coca-cola pour lui.

Subitement, même si cela n'avait rien à voir avec le menu de la rôtisserie, il pensa à ce délicieux poisson cuit dans le sel qui avait enchanté son palais, à Portofino, le dernier soir, avec Ève, du temps qu'elle l'aimait, du temps qu'il rêvait. Avant, ils avaient siroté des Bellinis, qui ne sont pas en Italie ce qu'ils sont ici, mais du champagne mêlé à des fraises savamment triturées, et c'était exquis.

– Tu penses à quoi, mon petit monsieur ? demanda Tatiana, reprenant l'expression de la serveuse parce qu'elle avait noté la nostalgie de son père.

– Oh !... À rien...

– Moi, je pense à maman. J'ai bien hâte de la revoir...

Pour montrer son affection, elle serrait Elmo, qui protestait : « Oh là là ! Ça chatouille ! » Et comme elle le pressait de nouveau contre son cœur, il répétait sa litanie. La troisième fois, à l'étonnement ravi de sa petite propriétaire, il se mettait à trembler de tout son corps comme s'il était en transe. Et Tatiana riait de toutes ses dents – elle en avait déjà plusieurs, qui lui avaient poussé en une seule nuit –, et ses belles joues luisaient.

Ulysse se disait que, quoi qu'il advînt, il aurait toujours ce moment, ce pur moment de bonheur, et que mieux valait en faire une bonne provision parce que peut-être que ces joies-là seraient plus rares à court ou à moyen terme, comme les placements qu'il avait tant de fois vantés à ses clients aux longues dents. Et il pensa qu'il aurait dû commencer plus tôt à engranger ces blonds épis de bonheur, qu'il aurait dû s'occuper davantage de sa fille pendant qu'elle vivait avec lui. Bien sûr, c'était une occupation à temps plein que de broyer du noir parce qu'il était sans emploi, mais quand même, la prochaine fois, s'il y en avait une, il saurait…

Le fumet familier du poulet bien grillé chassa sa nostalgie. La serveuse, fée domestique, revenait déjà avec le plat et les boissons. Malgré la difficulté de manger dans leur singulière position, et malgré les regards intrigués de quelques clients, ils firent honneur au poulet, qu'ils mangèrent comme il se doit avec les mains.

– J'ai soif, dit subitement Tatiana en se léchant les doigts.

Il lui tendit son verre d'orangeade, qu'elle prit à deux mains, tandis que lui, pour l'imiter et aussi parce qu'il avait soif, trempait les lèvres dans son coca-cola.

Mais il fronça presque aussitôt les sourcils, intrigué. Son coca-cola ne goûtait pas du tout le coca-cola, mais avait plutôt la saveur trop sucrée de l'orangeade, comme s'il buvait dans le verre de sa fille ou ressentait ses impressions au lieu des siennes!

Bizarre, tout de même...

Inquiet, et comme pour vérifier s'il n'était pas en train de devenir fou, il s'empressa de prendre une nouvelle gorgée. Il poussa un soupir de soulagement. Tout était revenu à la normale : le coca-cola goûtait le coca-cola!

Il était simplement fatigué; il avait eu une sorte d'hallucination que sa lassitude extrême avait sans doute provoquée.

Un repas chez *Laurier B.B.Q.* n'est pas un repas digne de ce nom s'il n'est pas couronné d'un gâteau moka. En bon père, malgré la bizarrerie des circonstances, Ulysse se faisait un devoir d'être le premier à initier sa fille à cette gourmandise.

Tatiana se régala, et c'était une fête pour son père attendri, qui la dévorait des yeux avec d'autant plus d'avidité que son temps avec elle était compté comme celui d'un condamné. Après chaque bouchée, elle souriait d'aise, et parfois sa bouche restée entrouverte était encore pleine de crème, mais qu'importait à Ulysse qu'elle ignorât la bienséance! La bouche de sa fille aux lèvres lumineuses était la caverne d'Ali Baba. Elle renfermait son trésor à lui, que personne d'autre ne voyait ni ne comprenait mais qui valait plus à ses yeux que les chefs-d'œuvre de tous les musées. Et c'est avec une émotion presque religieuse qu'il déposait ces instants de pur bonheur dans le coffret de sa mémoire...

Mais, alors qu'à l'instar d'une Tatiana ravie il croquait à belles dents dans son succulent gâteau, il éprouva une sensation désagréable et grimaça.

Il y avait quelque chose de dur dans son moka. Étonné, il déposa rapidement sa bouchée dans le creux de sa main, en examina le contenu et y découvrit, ahuri, une dent humaine!

Incroyable! C'était vraiment très inhabituel, pour une maison établie depuis plus de cinquante ans, de traiter ainsi ses clients...

Toujours perplexe, il se rendit alors compte que Tatiana le regardait, inquiète, et tendait un doigt vers sa bouche.

– Tu es rouge, papa.

Il porta une serviette de table de papier à ses lèvres, puis s'empressa de l'examiner. Il y avait du sang. Il ne tarda pas à comprendre pourquoi : la dent qu'il avait croquée lui appartenait, si on peut dire d'une dent qu'on tient dans sa main qu'elle nous appartient encore, bien qu'on l'ait perdue. À la place de son incisive gauche, en effet, il y avait un trou! Lui qui avait toujours pris un soin jaloux de ses dents, fort belles, et qui était si fier de son sourire conquérant, du moins avant que ne l'abandonne la chance...

Alors, un malaise, une chaleur monta en lui, et son front se couvrit de sueur. N'était-il pas en train, comme un vieillard, de devenir tout décrépit?

Quelle angoisse!

Du coup, il avait perdu l'appétit, mais il laissa quand même sa fille terminer le moka. Elle ne se fit pas prier car elle s'était tout de suite avérée aussi friande de ces gâteaux que son petit papa.

Ulysse s'en réjouit distraitement, car il n'avait plus qu'une idée en tête : partir, téléphoner au docteur Fatus, pour voir si, par extraordinaire, il ne pourrait pas l'opérer tout de suite… avant qu'il ne soit complètement édenté !

Il demanda immédiatement l'addition à la serveuse, parlant entre ses dents pour qu'elle ne voie pas le trou béant laissé par sa gencive supérieure. Avant de passer à la caisse, il fit un détour par le petit coin. Le reflet que lui renvoya la glace murale des toilettes ne l'édifia guère. Il trouva incroyable combien l'absence d'une dent, d'une seule dent, mais décisive puisqu'il s'agissait d'une incisive, pouvait modifier l'apparence d'un être, sa personnalité même…

Oui, il fallait qu'il se fasse opérer au plus vite !

Il passa à la caisse, tendant à la préposée un billet de cent dollars.

– Vous n'avez pas plus petit ? Il ne me reste plus beaucoup de monnaie.

Distraitement, Ulysse fouilla dans sa poche.

Un client, à côté de lui, attendait pour payer, un homme très corpulent, qui avait sans doute fait un peu trop honneur à la table, car, en proie à des sueurs digestives, il s'épongeait constamment le front avec un mouchoir déjà si humide qu'il ne devait guère être utile.

L'homme remarqua alors quelque chose de plutôt curieux chez Ulysse : lorsqu'il s'était présenté à la caisse, il soutenait Tatiana d'une main, pour ne pas éveiller les soupçons au sujet du lien curieux qui l'unissait à sa fille. Mais, absorbé à fourrager dans ses poches à la recherche d'une plus petite coupure, il avait tout bonnement oublié de soutenir sa fille, puisque, de toute façon, c'était inutile : elle tenait à lui comme un champignon à un chêne!

L'obèse se demandait fort légitimement comment la fillette pouvait rester ainsi suspendue à son père, puisqu'il entrouvrait de la main gauche la poche dans laquelle sa main droite fouillait et que sa fille, loin de s'accrocher à lui, faisait des câlins à une ridicule petite poupée rouge.

De toute évidence, il y avait quelque chose d'anormal... Les sourcils du client bedonnant se fronçaient, il avait cessé de s'éponger le front, et sa lèvre inférieure pendouillait, perplexe, comme devant un grand mystère.

Exaspéré de ne pas trouver de petite coupure, Ulysse se tourna alors vers lui, comme s'il songeait à lui demander de la monnaie. Mais son air inquiet ne le rassura pas. Il réalisa alors que, dans sa distraction, il avait oublié de tenir Tatiana dans ses bras, et c'était évidemment ce qui avait intrigué le sagace pachyderme. Il jeta alors le billet de cent dollars sur le comptoir et, sans attendre, se hâta de sortir.

– Monsieur, votre monnaie! dit la caissière en levant une main dans sa direction.

Mais il ne se retourna même pas, laissant la femme échanger un regard étonné avec le client grassouillet.

Dans le vestibule du restaurant, alors qu'il se dirigeait d'un pas pressé vers la porte, Ulysse s'arrêta devant un des appareils téléphoniques mis à la disposition des clients et composa le numéro du docteur Fatus. Celui-ci était sorti et le domestique ignorait à quelle heure il rentrerait. Ulysse lui donna le numéro de téléphone de son hôtel et le pria de le laisser au chirurgien.

Il raccrocha avec déception, et il s'attardait devant le téléphone lorsqu'il aperçut le gros client qui sortait à son tour et écarquillait les yeux en le voyant.

Ulysse partit sans demander son reste. Sachant qu'il avait peu de chances de trouver un taxi avenue Laurier, surtout un dimanche, il se dirigea d'un pas vif vers l'avenue du Parc, artère plus achalandée. Dans sa fuite, il se retournait constamment. Le gros homme, avec une obstination curieuse, avait décidé de le suivre, aussi rapidement que son poids le lui permettait, c'est-à-dire fort lentement.

Mais il pourrait tout de même lui causer des ennuis, surtout s'il tombait sur l'agent qui, quelques minutes plus tôt, patrouillait dans le quartier.

– Pourquoi tu cours comme ça, mon petit papa? demanda Tatiana, qui s'accrochait à son cou d'une main et tenait Elmo de l'autre.

– Parce que... on est pressés...

– Ah! je vois...

Trois pas plus loin, elle échappa sa poupée. Comme Ulysse ne s'en était pas rendu compte, elle protesta :

– Papa, j'ai échappé Tatou.

– Tatou?

C'était le diminutif qu'utilisait Ulysse pour sa fille lorsqu'elle était plus jeune, c'est-à-dire la veille. Par quelle mystérieuse coïncidence avait-elle baptisé Elmo du même nom? Il se pencherait sur cette épineuse question plus tard, car pour l'instant on le poursuivait. Il s'était arrêté pourtant et avait tourné la tête. Il apercevait le ridicule pantin qui tremblait sur le trottoir comme il lui arrivait invariablement à la troisième pression d'affilée sur son abdomen, et il apercevait aussi, plus loin derrière mais qui gagnait du terrain, le gros client qui s'échinait à lui courir après.

– On va t'en acheter un autre plus tard. On n'a pas le temps.

– Mais, papa, il y a juste un Tatou. Tu ne peux pas le remplacer comme ça !

Inutile de discuter avec une enfant de deux ans qui n'avait que six mois ! Il ne parviendrait pas à la convaincre, et la chagrinerait de toute manière. Comme il lui avait déjà suffisamment brisé le cœur, il rebroussa chemin et récupéra Tatou. Puis, tandis que Tatiana, comblée, couvrait de baisers sa poupée retrouvée, il se remit à courir de plus belle. Le gros client avait gagné du terrain et Ulysse pouvait maintenant l'entendre qui l'interpellait :

– Hé ! vous, là-bas, avec le petit enfant, arrêtez !

Ulysse atteignit bientôt l'avenue du Parc et regarda dans toutes les directions pour trouver un taxi. L'orage de la veille avait laissé dans les rues des flaques d'eau qui ne s'étaient pas encore évaporées malgré la chaleur.

Un automobiliste impoli ou distrait éclaboussa copieusement le père et la fille. Outré, Ulysse laissa échapper un «*fuck you !*» et leva son majeur furieux dans sa direction.

– *Fuck you !* répéta Tatiana en levant comme son père un doigt d'honneur en direction du conducteur.

Mais, au lieu du majeur, elle avait levé l'index, car elle ne pouvait pas tout apprendre en même temps…

Ulysse s'amusa de cette imitation maladroite, tout autant qu'il la déplora. Plus tard, il lui expliquerait l'impertinence de ce geste qui ne convenait certes pas à une jeune fille de deux ans, mais, pour le moment, il pestait, car le t-shirt de la petite était complètement détrempé, comme d'ailleurs sa chemise, qui n'était plus très propre.

Un passant qui avait observé la scène s'était arrêté et paraissait compatir à l'infortune d'Ulysse. C'était un Grec de la Petite-Athènes, que l'avenue du Parc traversait. Mais les yeux de braise de l'Hellène s'emplirent bientôt d'effarement. D'abord intrigué, Ulysse comprit bientôt pourquoi.

C'est qu'on pouvait maintenant voir, à travers le tissu détrempé de sa chemise et du t-shirt blanc de Tatiana, le curieux cylindre de chair qui le reliait à sa fille.

Décidément, la situation se corsait, parce que, s'il avait pu échapper au gros client du restaurant, qui avait maintenant disparu, il ne pourrait pas distancer aussi facilement un homme de trente ans à l'allure athlétique.

Mais la chancc pour unc fois jouait cn sa faveur. Le Grec, qui semblait se demander s'il avait affaire à un monstre ou à un infirme, était si paralysé par l'étonnement qu'il ne fit rien pour empêcher Ulysse de s'engouffrer dans le taxi qui s'était arrêté providentiellement devant lui.

10

Ils descendirent du taxi rue Sainte-Catherine, non loin de leur hôtel. Pendant la course, Ulysse avait récupéré, et, avec la chaleur, ses vêtements, comme ceux de sa fille, avaient eu le temps de sécher, si bien qu'on ne voyait plus le tube de chair compromettant. Il n'eut pas envie de rentrer tout de suite. Malgré la lourdeur de Tatiana et la faiblesse de ses jambes, il préféra marcher un peu. Le temps était magnifique, et, pendant quelques secondes, il parvint à oublier la bizarrerie de sa situation, éprouvant une sorte de légèreté, presque du bonheur.

Mais, quelques secondes plus tard, il regrettait son insouciance. Une voiture de police s'était arrêtée à sa hauteur en freinant bruyamment et deux agents en sortaient de manière précipitée. Ulysse se figea. Cette fois-ci, il était cuit. Il ne pourrait pas s'échapper, il était trop diminué.

Il éprouva un immense dépit. Quel dommage de se faire attraper avant qu'il ne rende Tatiana ! Jamais on ne croirait à ses bonnes intentions.

Les agents maintenant s'avançaient vers lui, l'air menaçant. Ulysse leva timidement les mains pour signifier sa reddition, oubliant – mais était-ce vraiment utile, maintenant ? – de jouer le jeu en feignant de soutenir Tatiana. Contre toute attente, les agents se mirent à courir, mais visiblement ils en voulaient à quelqu'un d'autre que lui. Ulysse en eut la réconfortante confirmation lorsque, se tournant vers la droite, il aperçut une jeune femme qui, à en juger par son accoutrement et son maquillage excessif, était sans doute une fille de joie. Normalement, du moins dans les rues de Montréal, les policiers n'arrêtaient les prostituées que si elles sollicitaient ostensiblement un client. Mais la fille était recherchée pour trafic de drogue...

Ulysse, soulagé, baissa les bras et ne put s'empêcher de se trouver ridicule. Une fois de plus, il avait oublié qu'il était absolument méconnaissable, comme sa fille d'ailleurs, et qu'il pouvait dormir sur ses deux oreilles ou en tout cas se promener tranquillement rue Sainte-Catherine, malgré l'avis de recherche lancé contre lui.

– Pourquoi les chiens ils courent après la madame? demanda Tatiana qui avait observé la scène comme son père.

La question arracha un sourire à Ulysse.

– Euh... je ne sais pas, je ne sais pas. Mais viens, allons!

Ils passèrent devant une boutique de souliers et Ulysse en profita pour s'en procurer une nouvelle paire car il flottait dans ceux qu'il portait, même si, le matin, il les avait énergiquement étranglés avec ses lacets. En voyant la petitesse de son pied dénudé, le marchand lui suggéra la pointure sept, et lorsque, quelques minutes plus tard, il examina les souliers qu'Ulysse avait abandonnés et constata que c'étaient des neuf et demi, il fronça les sourcils, ahuri. Décidément, il y avait des gens bien bizarres sur cette terre…

Nouvellement chaussé, Ulysse marchait presque en sautillant. L'avenir lui souriait. Le lendemain, sa faute serait réparée et tout rentrerait dans l'ordre. Il aurait perdu quelques cheveux, quelques centimètres et une dent dans cette bizarre aventure, mais il survivrait et, surtout, sa fille bien-aimée retrouverait une vie normale.

Devant la vitrine de chez *Sam the Recordman*, célèbre disquaire montréalais, Tatiana s'extasia à la vue d'une grande affiche de Madonna. La chanteuse d'origine italienne portait ce curieux accoutrement qui, à une certaine époque, avait donné un parfum de scandale à sa gloire déjà sulfureuse : un provocant bustier fait de cônes métalliques.

Tatiana, qui la prenait pour un bouffon, s'enticha tout de suite d'elle.

– Oh! c'est qui, cette madame? dit-elle en tendant un doigt admiratif vers l'ambitieuse blonde.

– C'est Madonna. C'est une chanteuse.

– C'est quoi, une chanteuse?

– C'est une madame qui chante tout le temps des chansons.

– Oh! moi aussi, j'aimerais ça, être une chanteuse, quand je vais être grande…

– Pourquoi?

– Parce que quand on chante tout le temps des chansons, c'est parce qu'on est heureux…

– C'est vrai, admit Ulysse, de nouveau étonné par la précocité de sa fille.

Où donc était-elle allée chercher cette notion plutôt abstraite du bonheur?

Au lieu de s'épuiser à se le demander, il proposa à Tatiana d'entrer dans le magasin. Pour lui plaire, il lui acheta un disque compact de Madonna, puis, dans un magasin voisin, un lecteur portatif. Tatiana délirait, et, casque sur la tête, tapait des mains, marmonnant les airs de Madonna qu'elle découvrait, émerveillée.

Mais, au bout de quelques minutes, Tatiana s'assombrit brusquement. « Elle doit s'ennuyer encore de sa mère », pensa Ulysse. Mais il ne voulut pas le lui demander, au cas où il se tromperait, parce que alors, en lui parlant de sa mère, il risquait justement de lui en donner la nostalgie.

– Ça ne va pas, ma petite chérie ?

– Non.

– Qu'est-ce qu'il y a ? Tu ne veux pas me le dire ? fit-il, nullement découragé par le laconisme de sa fille.

Au bout de quelques secondes d'hésitation, elle consentit enfin à parler.

– Des fois, je me demande ce que je vais devenir...

– Mais voyons, tu vas... Tu... Je te l'ai dit : demain, nous allons retourner chez le médecin et tout va bien aller.

– Non, je ne pensais pas à ça. Je pensais à mon rêve.

– Le rêve avec ta maman et moi ?

– Non. Le rêve pour quand je serai grande...

Il ne voyait pas où elle voulait en venir au juste.

– Quand tu seras grande, oui, j'écoute...

– Je viens de me rendre compte de quelque chose.

– Et qu'est-ce que c'est ?

– Je ne pourrai jamais devenir une chanteuse comme Madonna.

– Mais pourquoi dis-tu ça ?

– Parce que je le sais.

– Mais comment peux-tu le savoir ? Tu es encore jeune, tu as toute la vie devant toi.

– Je le sais parce que je le sais. C'est comme une petite voix dans ma tête qui me dit ça.

Ulysse était consterné. Des frissons parcouraient son corps. Cette petite voix que sa fille avait entendue dans sa tête, il l'avait entendue lui aussi, et elle avait gâché sa vie. C'était comme la voix des ténèbres, la voix du prince noir, qui l'avait toujours éloigné de ses rêves et des êtres qu'il aimait, parce qu'elle lui murmurait qu'il n'en était pas digne. Et cette petite voix au pouvoir pourtant immense, il était en train de la laisser en héritage à sa fille. Elle était passée de lui à elle par cette mystérieuse éducation que les parents lèguent à leur insu à leurs enfants aussi sûrement que leurs gènes, et c'était peut-être la plus grande injustice.

Le Prince d'Aquitaine à la Tour abolie...

« C'est terrible ! Elle pense comme moi ! Elle entend la même voix, que j'ai crue vraie et qui tant de fois m'a trompé ! déplora Ulysse. Il faut que je fasse quelque chose au plus vite, avant qu'elle ne soit complètement empoisonnée. Il faut que je la convainque que la vie est belle, que tout est possible. Mais ne se rendra-t-elle pas compte que je mens puisqu'elle semble lire si aisément dans mes pensées ? Je n'ai pas le choix, il faut que je tente ma chance. Il faut que je mente à mon sujet et que je dise la vérité au sujet de la vie ! »

– Mais voyons, il ne faut pas que tu dises ça, ma chérie. Parce que la vie, c'est magique, oui, vraiment magique. Mais il faut que tu commences par croire en toi, en ta bonne étoile. Alors, tout devient possible, et tu peux réaliser tous tes rêves.

– C'est vrai ? Je peux devenir chanteuse, comme Madonna ?

– Mais bien sûr, puisque je te le dis ! Évidemment, il faut aussi que tu travailles, et surtout que tu ne laisses pas tout tomber à la première difficulté.

– C'est quoi, une difficulté ?

– C'est... c'est quelque chose qui a l'air négatif mais qui en fait est très positif, très excitant même, parce que... parce que c'est... c'est comme un test. Comme un test, oui, c'est ça, un test qui te permet de développer ton caractère et surtout de mieux te connaître parce que alors, quand arrive la difficulté, tu vois si tu croyais vraiment en toi et si tu tenais vraiment à ton rêve.

– Ah ! c'est bien, alors ! Mais je vais en avoir quand, moi, des difficultés ? demanda-t-elle avec impatience.

– Pour ça, ne t'inquiète pas, tu en auras bien assez vite...

Elle était tout exaltée et Ulysse respirait mieux. Son mensonge avait réussi : la petite avait repris goût à la vie...

Ils retournèrent enfin à l'hôtel, où le premier soin d'Ulysse fut de passer au comptoir pour vérifier s'il avait reçu des messages. Mais le docteur Fatus, la seule personne au monde dont il attendait un appel – et la seule aussi qui eût son numéro – n'avait pas téléphoné. Il lui faudrait s'armer de patience : il ne pourrait être opéré que le lendemain.

Il songea qu'une douche lui ferait le plus grand bien.

Il dévêtit Tatiana, lui fit comprendre qu'Elmo ne pouvait l'accompagner, se déshabilla à son tour et s'approcha de la douche, qu'il fit couler tout en réglant prudemment la température.

Médusée, Tatiana jetait des regards étonnés en direction de son père, puis du pommeau de la douche. N'était-ce pas de la pure magie que de voir ces filets d'eau qui, curieusement, s'échappaient d'une sorte de boule percée ?

Ulysse mit quelques secondes à comprendre l'émerveillement de sa fille, puis s'avisa que c'était la première fois de sa vie qu'elle voyait une douche et que la chose devait en effet, pour une enfant de deux ans qui était née seulement six mois plus tôt, prendre les proportions d'un véritable phénomène météorologique...

La température de l'eau réglée, Ulysse passa enfin sous la douche et ce fut pour lui non seulement un soulagement mais une nouvelle source d'émerveillement. Comme Tatiana était belle, avec sa petite tête mouillée, sa peau luisante et ses yeux amusés et ravis sous la caresse étonnante de l'eau qui chatouillait sa nuque et lui picotait le dos... !

« Souviens-toi, souviens-toi de ce moment », se répétait Ulysse, ému, « et, avec son encre magique, grave sans perdre une minute un certificat de placement garanti qui vaudra mieux que tous les autres que tu as vendus et achetés, qui devaient valoir leur pesant d'or et qui pourtant, le jour venu, n'ont plus rien valu lorsque a sévi la véritable récession, celle de ton cœur... »

Lorsqu'il eut bien asséché sa fille, il retourna dans la chambre et lui remit une couche. Il avait oublié d'en acheter de plus grandes, mais, comme c'était provisoire, ça pouvait toujours aller. Puis il lui enfila le t-shirt qu'elle avait porté pendant la journée.

Il étendit sur une chaise, la seule de leur chambre exiguë et qui n'avait rien d'une suite, sa petite robe neuve et lui expliqua :

– Demain, tu vas mettre ta belle robe et nous irons voir maman.

– J'ai hâte parce qu'on dirait que ça fait deux ans que je m'ennuie d'elle, dit-elle un peu bizarrement et pourtant avec une certaine logique...

– Maintenant, nous allons faire un beau dodo, pour que tu sois bien reposée quand tu verras ta maman.

Le soleil coulait en flammes derrière le mont Royal et l'heure du dodo de Tatiana était déjà passée depuis longtemps, d'autant qu'elle n'avait pas fait de sieste de la journée.

– Non, protesta Tatiana, je ne veux pas me coucher tout de suite. Je ne suis pas fatiguée.

Et, en disant ces mots, elle réprima un profond bâillement qui la trahit. Elle sourit, résignée, car elle ne put étouffer un nouveau bâillement.

Ulysse s'allongea sur le lit et, voyant sa fille sur son ventre, eut cette pensée réconfortante que c'était la dernière nuit de ce cauchemar singulier qu'il vivait depuis la mystérieuse métamorphose.

Mais il ressentit la tristesse paradoxale de la femme enceinte, à la fois heureuse et malheureuse d'accoucher : c'était aussi la dernière fois qu'il dormait si étroitement uni à sa fille…

– Pourquoi pleures-tu, papa ? lui demanda Tatiana qu'il croyait déjà endormie.

– Je ne pleure pas, dit-il. Ce sont mes yeux qui sont fatigués.

11

Le lendemain, vers onze heures trente, Ulysse fut réveillé par un poids oppressant sa poitrine. Il ouvrit les yeux et crut qu'il rêvait : la Tatiana qui était allongée sur lui n'était plus du tout la même que la veille. C'était maintenant une petite fille de cinq ans !

D'ailleurs, la métamorphose étonnante ne s'arrêtait pas là. Non seulement sa fille avait-elle vieilli de trois ans en une seule nuit, mais lui aussi s'était transformé. Il avait de nouveau rapetissé et il ressemblait maintenant à un petit garçon de treize ans ! Et pas un petit garçon comme les autres puisqu'il retrouva bientôt sur l'oreiller, parmi les nouvelles dents qu'il avait perdues, toute sa chevelure. Il était maintenant complètement chauve !

Il sortit du lit, non sans peine, parce que Tatiana était beaucoup plus lourde et beaucoup plus encombrante que la veille. Ses pieds descendaient maintenant à la hauteur des genoux de son père, et son torse avait tellement grandi qu'elle pouvait presque embrasser Ulysse sans qu'il eût à se pencher vers son beau visage !

Lorsque Ulysse aperçut dans le miroir le couple bizarre qu'il formait avec sa fille encore endormie, il fut horrifié. Soulevant délicatement le t-shirt de Tatiana pour ne pas la réveiller, il se rendit compte que sa couche avait littéralement explosé. Se tournant alors de côté, il examina son ventre.

Le cylindre de chair qui l'unissait à sa fille s'était développé, semblait plus solide aussi, plus ferme, et, à travers la fine membrane de la peau, on voyait maintenant des artères où un sang d'un rouge vif circulait.

Ulysse pensa immédiatement que ce progrès inquiétant rendrait l'intervention chirurgicale du docteur Fatus encore plus délicate, si toutefois il pouvait encore l'accomplir...

Il arracha les lambeaux de la couche de Tatiana, la recouvrit de son t-shirt et s'avança vers le miroir. Il était vraiment méconnaissable. Comme il était petit ! Et comme son crâne était curieux, totalement dépourvu de cheveux ! Il passa sa main sur sa joue : il n'avait plus de barbe. Son visage était glabre comme celui d'un gamin !

Les deux bras lui tombèrent. Sa montre glissa de son poignet trop chétif et se retrouva sur le plancher de la chambre. Il ne daigna même pas la ramasser, tant il était découragé. Une angoisse encore plus forte que la veille l'envahit : il ressentit un vertige. S'assoyant sur la chaise où, la veille, il avait posé la belle petite robe neuve de sa fille, il tenta de reprendre des forces et de se calmer.

Mais son esprit galopait...

Si la métamorphose se poursuivait au même rythme, de quoi aurait-il l'air, le lendemain, lorsqu'il se réveillerait ?

Lorsqu'il se réveillerait...

Un éclair lui traversa l'esprit : c'était seulement lorsqu'il dormait que Tatiana « profitait » et que lui rapetissait !

Parce que la veille, pendant le jour, ils étaient tous deux restés inchangés...

« J'aurais dû y penser avant ! » se reprocha-t-il avec une naïve sévérité.

La solution était donc simple : il ne fallait plus fermer l'œil, même pour une brève sieste, tant qu'il n'aurait pas revu le docteur Fatus.

Trouvant une consolation dans cette certitude, il sourit, juste le temps d'apercevoir dans le miroir ses gencives à moitié édentées.

Ce fut ce moment que choisit Tatiana pour se réveiller et sa réaction vint gâcher son espoir naissant. Ayant vu son reflet dans le miroir, elle avait constaté sa surprenante croissance nocturne et elle s'écriait :

– Mais, papa, qu'est-ce qui m'arrive ? On dirait que je ne suis plus une petite fille. J'ai tellement vieilli pendant la nuit. Si ça continue, je vais être vieille comme une grande personne dans une semaine, et peut-être même que je serai morte... Et alors je ne pourrai plus jamais voir ma maman et mon papa... Qu'est-ce que je vais devenir ? Qu'est-ce que je vais devenir ? Et toi, mon petit papa, qu'est-ce que tu vas devenir ? Tu es tellement petit ! Tu es tellement petit !

Elle paraissait affolée et les larmes lui montaient aux yeux.

– Mais non, ma belle fille, il ne faut pas que tu t'en fasses. Dès que le docteur Fatus nous aura opérés, tu vas arrêter de grandir à toute vitesse, et moi je vais arrêter de rapetisser et je vais me remettre à grandir, et tout va redevenir normal... Viens, rendons-nous tout de suite chez le docteur Fatus. Ne perdons pas une minute!

Malgré l'urgence de l'opération, il fallut quand même qu'Ulysse rafistole un peu sa tenue, parce que encore une fois ses vêtements étaient beaucoup trop grands pour lui. Même ses souliers achetés la veille ne lui faisaient plus, et il se résigna à sortir pieds nus. Il s'examina de nouveau dans la glace.

Il avait l'air un peu bizarre, il est vrai, avec son crâne chauve d'octogénaire sur un visage lisse de gamin et avec ses vêtements beaucoup trop grands, mais il n'avait pas le temps de s'attarder à sa petite personne... car il fallait rendre immédiatement visite au docteur Fatus, qui seul pouvait les sauver, Tatiana et lui...

– Est-ce que je peux mettre la nouvelle robe que tu m'as achetée pour ma maman? demanda Tatiana.

– Non. Elle est déjà trop petite.

– Ah! se contenta-t-elle de dire tristement en continuant de regarder la jolie robe.

Il allait franchir le seuil de la porte lorsque Tatiana protesta :

– Ma poupée!

– Ta poupée?

– Oui. On a oublié Tatou.

– Oui, c'est vrai...

Il alla récupérer l'incontournable et bruyant Elmo, que sa fille serra tout de suite dans ses bras, si bien que la poupée poussa sa lassante rengaine : «Oh là là! Ça chatouille!»

Dans le corridor, juste à la sortie de la chambre, un homme et une femme qui quittaient eux aussi l'hôtel regardèrent Ulysse dans un froncement de sourcils suspicieux. Que faisait là cet adolescent au crâne chauve, avec des vêtements beaucoup trop grands pour lui et surtout, dans ses bras, une fillette si mal attifée ?

Était-elle souffrante ?

L'enlevait-il ?

Mais Tatiana désarma leur méfiance en esquissant un large sourire. Ce n'était sûrement pas contre son gré qu'elle s'était retrouvée dans les bras de cet adolescent bizarre !

De crainte d'avoir des ennuis parce qu'il était méconnaissable, Ulysse préféra ne pas payer et fila à l'anglaise. On ne le remarqua pas. Pour une fois qu'il avait de la chance ! Cette petite accalmie lui parut de bon augure.

Mais il avait à peine fait cent pas sur le trottoir, à la recherche d'un taxi, qu'il se sentit tout à coup épuisé comme si ses semelles étaient de plomb ou qu'il avait porté Tatiana pendant des heures. Il faut dire qu'elle était lourde… À moins que ce ne fût l'étouffante humidité de cette torride matinée d'été, ou la faiblesse nouvelle de ses jambes, car ses genoux avaient déjà craqué à trois ou quatre reprises, comme s'il souffrait de rhumatismes.

Craignant un fâcheux évanouissement, il s'immobilisa et tenta de reprendre son souffle.

– Qu'est-ce qu'il y a, mon petit papa ? s'inquiéta Tatiana. Pourquoi tu t'arrêtes ?

Elle avait noté la pâleur extrême de son visage, mais, par une précoce délicatesse d'adulte, préférait ne pas la lui signaler.

– Ce n'est rien, ce n'est rien. J'ai dû marcher un peu trop vite…

Avec la tête d'Elmo, elle épongea alors son front baigné de sueur. Ulysse sourit, charmé, car il venait de penser que sa fille voulait peut-être le réconforter par la magique vertu des baisers de son pantin. Les enfants ont des remèdes que les grandes personnes ne connaissent pas...

Il laissa Tatiana lui prodiguer ses soins et pourtant, à la fin, il ne put résister à la tentation de lui demander :

– Mais qu'est-ce que tu fais ?

– J'essuie ton front, tu es tout mouillé... Est-ce que tu te sens mieux, maintenant ? demanda-t-elle lorsqu'elle eut bien asséché le front paternel.

– Oui, beaucoup mieux, répondit-il même s'il ne se sentait pas bien du tout et se demandait même s'il ne s'évanouirait pas avant d'arriver chez le docteur Fatus, tant il se sentait faible...

Cela ne l'empêcha pas d'éprouver pour sa petite infirmière un immense élan de tendresse. Il la serra dans ses bras et posa sur son beau front un baiser ému.

– Hé ! vous, lâchez tout de suite cette petite fille !

Ulysse mit abruptement fin à son étreinte, repoussa délicatement Tatiana et aperçut, à quelques mètres devant lui, un homme en fauteuil roulant qui pointait dans sa direction un index accusateur.

Que lui voulait-il ?

L'avait-il reconnu ?

Pourtant, après la transformation nocturne que Tatiana et lui avaient subie, c'était impossible.

Il tourna les talons et s'éloigna, comme si l'homme au fauteuil roulant ne lui avait jamais adressé la parole.

– Au viol, au viol! Arrêtez-le! hurla l'homme en levant le bras en direction d'Ulysse.

Et, calé dans son fauteuil roulant électrique, il entreprit une absurde chasse à l'homme.

En temps normal, Ulysse aurait aisément distancé son poursuivant. Mais la faiblesse de ses jambes et le poids accablant de Tatiana modifiaient la donne. Il courait pourtant avec l'énergie du désespoir, mais devait ralentir à tous les cent pas et parfois même s'arrêter, parce que son cœur battait douloureusement dans sa poitrine.

Pendant ce temps, l'homme en fauteuil roulant gagnait du terrain, tout en continuant de hurler comme un forcené. Ses cris ayant éveillé l'attention d'un agent qui patrouillait de l'autre côté de la rue, celui-ci aperçut l'homme en fauteuil roulant, puis le fugitif, et trouva bizarre cet adolescent qui transportait dans ses bras une fillette avec une poupée Elmo. Il connaissait l'exécrable jouet, puisqu'il avait dû, à contrecœur car le petit monstre coûtait une fortune, en offrir un à sa fille.

Il y avait quelque chose d'anormal dans cette situation.

Il fallut un peu de temps à l'agent pour traverser la rue Sainte-Catherine, qui, comme de coutume, était assez achalandée, mais, aussitôt qu'il l'eut fait, il se mit à la poursuite d'Ulysse.

Ce dernier ne tarda pas à l'apercevoir et comprit qu'il ne pourrait pas le semer aussi facilement que l'homme au fauteuil roulant.

Il fallait faire quelque chose, et vite!

Il entra dans la première boutique qu'il aperçut, une boutique de vêtements féminins, d'un pas tranquille pour ne pas éveiller la suspicion de la vendeuse qui l'accueillit.

– Je regarde seulement.

– Pas de problème, dit la vendeuse en esquissant un sourire un peu ambigu.

Elle avait été frappée par le curieux aspect d'Ulysse. Et puis pourquoi transportait-il cette fillette si drôlement habillée ?

Ulysse gagna le fond de la boutique, feignit de s'intéresser à quelques vêtements, repéra sur un des murs le voyant lumineux rouge qu'il cherchait, vérifia d'un coup d'œil furtif qu'aucune vendeuse ne le guettait, puis se dirigea vers la sortie de secours.

Pour l'atteindre, il fallait d'abord traverser un corridor dans lequel se trouvaient une douzaine de cabines d'essayage. Des clientes s'y affairaient, crut-il remarquer, même s'il parcourut le corridor à toute vitesse, les yeux rivés sur la porte de secours, sur sa liberté !

Mais, bizarrement, il trouva la porte fermée. Elle résista à tous ses efforts. Il était ahuri. C'était insensé, illogique, une porte de secours qui ne s'ouvrait pas en cas d'urgence ! Que feraient les clients si un incendie se déclarait ? Mais ce n'était pas son problème ! Son problème était d'échapper au policier qui le traquait.

Il rebroussa chemin mais, à l'entrée du corridor, il entendit, en provenance de la rue, une sirène de police. L'agent qui le poursuivait avait sûrement demandé du renfort. Il ne pouvait pas ressortir de la boutique : on lui mettrait tout de suite le grappin dessus.

Alors, que faire ?

Se cacher dans une cabine et espérer que les policiers n'osent pas en pousser la porte parce que c'était une boutique pour femmes ?

C'était sa seule chance !

La porte de la première cabine dans laquelle il tenta de se réfugier était verrouillée. La deuxième ne l'était pas. Il l'entrouvrit et aperçut une cliente en sous-vêtements qui, distraite, avait oublié de pousser le loquet. Surprise, elle poussa un cri indigné et s'empressa de soulever sa robe devant son corps à moitié dénudé. Ulysse se confondit en excuses et referma avec empressement la porte. Il avait déjà assez d'une accusation de viol sur les bras !

La cabine suivante était libre. Il s'y enferma et, la prunelle intense, le souffle court, expliqua à Tatiana qu'il fallait absolument qu'elle demeure silencieuse, même si on l'appelait.

– C'est promis, papa.

Ulysse serra Tatiana contre lui et pria le ciel que, pour une fois, la chance lui sourît : l'agent ne l'aurait pas vu entrer dans cette boutique, ou, s'il l'avait vu, il ne l'y trouverait pas et le croirait reparti.

Bientôt, il entendit des pas, des portes de cabines inoccupées qu'on poussait. Les portes ne descendaient pas jusqu'au plancher, ce qui était embêtant car on pouvait, depuis le corridor, voir à l'intérieur des cabines. Mais, bien entendu, on pouvait également voir dans l'autre sens.

Ce qui permit à un Ulysse fébrile de voir bientôt deux souliers noirs bien cirés s'immobiliser devant la cabine où il s'était réfugié. L'agent poussa la porte, et, comme elle résistait, il recula d'un pas et se pencha pour jeter un coup d'œil.

Il aperçut deux petits pieds et, même si c'étaient des pieds de fillette, il ne pensa pas qu'ils pouvaient appartenir à Tatiana puisqu'il cherchait des pieds d'homme, des pieds de violeur.

Il s'éloigna. Ulysse respira un peu, et mit un doigt suppliant sur ses lèvres pour que Tatiana continue à se taire. Il entendit l'agent pousser d'autres portes et proférer des excuses à une cliente outrée qui, elle aussi, avait oublié de verrouiller la cabine. Enfin, le policier laissa échapper un juron et Ulysse vit bientôt ses souliers bien lustrés repasser devant la cabine. Ses lèvres esquissèrent un sourire victorieux : son stratagème, tout simple mais bien pensé, surtout dans les circonstances, avait parfaitement réussi.

Faisant face à la porte, il s'était ingénieusement agenouillé sur le siège. Ainsi, seuls les pieds de Tatiana étaient visibles du corridor.

Voyant le soulagement de son père, Tatiana soupira et, dans un mouvement spontané de joie, serra bien fort Elmo contre sa poitrine. Aussitôt, la navrante poupée décréta : « Oh là là ! Ça chatouille ! »

Ulysse leva les yeux au ciel. Ils s'étaient trahis, c'était certain !

Il ne se trompait pas. Cinq secondes plus tard, l'agent forçait avec aisance la porte de la cabine et admirait l'ingéniosité d'Ulysse qui, toujours sur le siège, n'avait pas encore bougé, espérant un miracle jusqu'à la fin. Il remarqua tout de suite l'étonnante calvitie d'Ulysse et observa avec justesse que son crâne n'était pas rasé comme celui, détestable, des punks qui pullulaient dans le quartier. Non, nul doute, il était bel et bien chauve comme un genou. Il ordonna, de sa grosse voix :

– Donnez-moi la petite fille !

Ulysse posa enfin les pieds au sol et avoua :

– Je ne peux pas.

L'agent fut étonné d'entendre une voix si virile, si grave, sortant de la bouche d'un gamin. Décidément, il y avait quelque chose qui clochait dans tout ça !

Irrité par cette absurde résistance, l'agent voulut lui arracher de force Tatiana, qui, en un mouvement d'une rapidité imparable, lui assena un grand coup de poupée sur la tête. Il perdit sa casquette cependant qu'Elmo commentait sa déconfiture avec son éternelle tirade : « Oh là là ! Ça chatouille ! »

Ulysse étouffa un rire qui n'amusa pas l'agent. Une fois que ce dernier eut récupéré sa casquette, il empoigna résolument Tatiana et l'attira vers lui. D'abord, il ne comprit pas, d'autant qu'Ulysse semblait protester de son impuissance à lui rendre sa fille en levant candidement les bras au ciel.

Médusé, l'agent chercha un harnais ou une corde qui eût relié l'enfant à son père. Mais rien. Il souleva le t-shirt de Tatiana et découvrit le surprenant cylindre de chair.

12

On vérifia les papiers d'Ulysse et on découvrit son étonnante identité : c'était ce père qui, quelques jours plus tôt, avait enlevé sa petite fille de six mois dans un élan de désespoir. Comment ce quadragénaire avait-il pu se transformer en un gamin de treize ans, et son poupon en une fillette mûre pour l'école ?

La chose défiait le bon sens...

Et Ulysse avait beau expliquer que c'était à cause du lien de chair qui l'unissait à sa fille, il ne rencontrait qu'une méfiante incrédulité. Au poste de police où on l'avait conduit après son arrestation, les agents, aussi étonnés les uns que les autres, se succédaient pour le presser de questions, pour tenter d'obtenir une explication.

Mais ses forces déclinaient à vue d'œil. Il parlait maintenant avec un filet de voix et semblait sur le point de s'évanouir. La transformation et les émotions du matin l'avaient épuisé, et il n'était plus que l'ombre de lui-même. Tatiana l'examinait avec anxiété, n'osant l'interroger sur son état, comme si elle savait d'avance la terrible réponse : son père était au plus mal, et peut-être même ne se remettrait-il pas de cette bizarre aventure. Lorsqu'il se mit à cracher du sang – faisait-il une hémorragie interne ? –, on comprit qu'il n'y avait plus une minute à perdre : il fallait le conduire de toute urgence à l'hôpital.

Dans l'ambulance, il fermait constamment les yeux, comme s'il allait s'évanouir. Tatiana se mit à pleurer et poussa un cri de détresse.

– Non, papa ! protesta-t-elle. Reste avec moi ! Ne t'en va pas !

Il rassembla toutes ses forces pour lui offrir un sourire, et lui décocha même un clin d'œil insouciant qui avait l'air de dire : « Ne t'en fais pas, ma chérie. Sèche tes larmes, ce n'est qu'une fausse alarme. Je m'en sortirai, la vie est belle... »

Malgré ses muettes assurances, on prit son état très au sérieux à l'hôpital et le conduisit tout de suite aux soins intensifs. Son cas confondit les médecins autant qu'il avait confondu les policiers. C'était vraiment à n'y rien comprendre, comme un bizarre cas de jumeaux siamois qui ne seraient pas nés en même temps ou se seraient développés à un rythme totalement différent.

Les principaux intéressés, prévenus par l'hôpital, accoururent lorsqu'on leur apprit qu'Ulysse et Tatiana avaient été retrouvés. Malgré les prévenances de l'infirmière qui avait escorté Ève et son mari jusqu'à la chambre, l'ancienne compagne d'Ulysse, lorsqu'on souleva le drap dont on avait recouvert le père et la fille après des examens préliminaires, crut d'abord à un malheureux malentendu.

– Mais ce n'est ni mon mari ni ma fille ! Tatiana n'a que six mois...

Tatiana pourtant avait reconnu immédiatement la voix de sa mère.

Elle s'était tournée vers elle – elle se tenait sur le côté du lit – et prononça un déchirant :

– Maman ! C'est toi, tu es revenue !

Ève regarda sa fille. C'était impossible ! Comment pouvait-elle parler ? Et d'ailleurs c'était une petite fille de cinq ans qui était devant elle... Aucun enfant, aussi précoce fût-il, n'avait jamais grandi à cette vitesse dans toute l'histoire du monde !

Et pourtant il y avait ces yeux bleus, ces cheveux blonds, cette peau d'albâtre semblable à la sienne...

Mais son père non plus ne ressemblait pas à Ulysse. Il n'avait pas l'air de son père, d'ailleurs, mais plutôt de son grand frère. Et puis il était complètement chauve... D'ailleurs – elle y pensait à ce moment-là seulement alors qu'elle aurait dû y penser dès qu'on avait soulevé le drap sur les deux corps –, pourquoi avait-on placé le père et la fille dans le même lit, l'un sur l'autre de surcroît ?

Elle posa la question au médecin, qui s'étonna qu'elle ne s'en fût pas rendue compte avant. C'était un quinquagénaire dont la tête avait blanchi prématurément, et, au moins, ce cas bizarre ne lui donnerait pas de nouveaux cheveux blancs... Sans rien dire, il tendit un index timide vers les deux corps.

Ève alors vit le cylindre de chair, les deux ventres horriblement soudés. Elle poussa un cri et se serait sans doute effondrée si son mari ne l'avait pas aussitôt soutenue. Le médecin replaça prudemment le drap tandis qu'Ève était réconfortée par son mari, qui était certes aussi confus qu'elle mais dominait mieux ses émotions.

Le cri avait réveillé Ulysse ou peut-être subsistait-il entre Ève et lui une trace de ce lien invisible et télépathique qu'on rencontre souvent entre les époux, même séparés. Toujours est-il qu'il leva sur elle ses yeux brûlants. Leurs regards se croisèrent, et alors Ève comprit qu'on ne lui avait pas menti. C'étaient bel et bien les yeux d'Ulysse, seulement un peu plus tristes, seulement un peu plus désespérés...

– Ulysse ? dit-elle stupéfaite en portant sa main vers ses lèvres si belles qu'Ulysse avait tant de fois embrassées et qui maintenant lui manquaient si cruellement.

Il baissa les yeux pour acquiescer, et parce qu'il avait honte...

Pour Ève, le raisonnement qu'il lui restait à faire était simple, inévitable : si cet homme était Ulysse, comme elle le savait avec certitude maintenant, cette ravissante blondinette de quatre ou cinq ans était bel et bien sa fille.

– Tatiana ? C'est toi ?

– Oui, maman, c'est moi. J'ai grandi d'un seul coup ! Je ne sais pas comment ça se fait...

– Mais il doit bien y avoir une explication, jeta le mari d'Ève, excédé.

C'était visiblement un homme de tête, avec des sourcils broussailleux qui surmontaient des yeux sévères, un nez assez fort mais droit, et cette assurance un peu méprisante qu'on rencontre souvent chez les hommes qui, comme on dit, ont réussi, c'est-à-dire amassé une importante fortune. Très élégant dans un complet clair, il faisait visiblement beaucoup plus vieux qu'Ève, et pourtant, par quelque mystérieuse osmose de la vie en commun, il ne formait pas avec elle un couple mal assorti.

– Je n'en sais pas plus que vous, admit le médecin, encore dérouté par cette aberration médicale.

– Mais qu'est-ce que vous allez faire ?

– Je ne sais pas encore. Nous allons d'abord conduire des examens approfondis... Je dois vous avouer que c'est un cas unique dans l'histoire de la médecine.

Ignorant les réflexions du médecin, Ève s'approcha de sa fille avec une sorte de défiance et caressa sa tête blonde.

– Oh ! Tatiana ! Tatiana ! Je t'ai enfin retrouvée... !

Elle aurait voulu la serrer dans ses bras mais la présence d'Ulysse la gênait. Il la regarda de nouveau. Comme elle était belle. Alors que lui était devenu une sorte de monstre sans dents ni cheveux...

Ève avait l'impression qu'elle allait perdre la tête, et des larmes – de rage ou de tristesse ? – montaient dans ses yeux. Elle était heureuse d'avoir retrouvé sa fille, certes, mais en même temps elle avait envie de hurler, de crier à Ulysse : « Qu'est-ce que tu as fait à ma fille ? Qu'est-ce que tu lui as fait ? Je ne te le pardonnerai jamais ! »

Ulysse leva une main tremblante dans sa direction comme s'il avait lu dans sa pensée, comme s'il sollicitait sa clémence, et il dit :

– Je suis tellement désolé, Ève, tellement désolé...

La fleur *qui plaisait tant à mon cœur désolé...*

– Si j'avais su..., poursuivait-il, si j'avais su...

Et il referma de nouveau les yeux, comme si cet aveu lui avait trop coûté. Le docteur s'avança, prit le poignet d'Ulysse, garda son œil inquiet fixé sur sa montre, puis, au bout de quelques secondes, décréta :

– Le pouls a ralenti de manière inquiétante...

Il se tourna vers l'infirmière.

– Il faut du sérum tout de suite. Il faiblit.

13

S'il avait fermé les yeux, c'est qu'il n'avait plus la force de les garder ouverts. Mais il ne dormait pas; tout au plus sommeillait-il parfois, en conservant un reste de lucidité.

Il se souvenait des terrifiantes vertus du sommeil sur son corps et sur celui de sa fille. C'était un combat difficile à livrer car il était extrêmement faible, mais il savait que, s'il fléchissait, il était perdu...

Pourtant, le soir venu – il devait être juste un peu avant vingt et une heures si on en jugeait par la lumière du ciel –, il s'assoupit. Lorsqu'il se réveilla, quelques minutes plus tard, il comprit, terrifié, qu'il avait failli partir pour le voyage au bout de la nuit...

Alors, il s'agita, actionnant comme un hystérique la poire électrique qui le reliait au poste de garde. Une infirmière survint et le rabroua :

– Nous ne sommes pas sourdes. Ce n'est pas la peine de nous sonner vingt fois d'affilée!

Il ne s'était pas rendu compte de son impertinence. Il était comme un homme à la mer : sa main restait accrochée à la poire comme à une bouée de sauvetage.

– Il me faut du café, expliqua-t-il. Beaucoup de café. Et bien noir, s'il vous plaît.

– Ce qu'il vous faut, dit l'infirmière, c'est du calme et du sommeil.

– Vous ne comprenez pas ! J'ai besoin de café, des litres de café !

Tatiana, que la discussion avait réveillée, renchérit :

– Mon papa a raison. Il faut l'écouter…

Mais à la place, sans même consulter un médecin, l'infirmière revint deux minutes plus tard avec un sédatif qu'elle ajouta au soluté.

– Il ne faut pas…, protesta Ulysse.

Mais il ne parvenait pas à achever sa phrase. Il était trop faible ou bien ses idées se brouillaient.

Il compléta enfin sa pensée :

– … qu'on me laisse dormir.

– C'est justement ce que j'ai l'intention de faire : vous laisser dormir.

– Je vais mourir, fit Ulysse d'une voix de plus en plus faible.

– Mais non. Vous allez simplement dormir et demain tout ira mieux…

Les yeux d'Ulysse exprimèrent la terreur. Le sédatif agissait : il se sentait partir… Il leva sa main libre et tenta d'arracher le fil qui le reliait à la bouteille de sérum, mais il n'en eut pas la force et sombra dans le sommeil.

Quelques secondes plus tard, Tatiana l'imitait.

Lorsqu'elle s'éveilla, vers sept heures du matin, elle eut la surprise de découvrir au creux de son oreiller une bonne dizaine de dents. « Que m'arrive-t-il ? » pensa-t-elle, affolée. Et, dans un mouvement instinctif, elle porta la main à sa bouche. Elle n'avait perdu aucune dent.

Bizarre !

Alors, pourquoi toutes ces dents sur l'oreiller ?

Elle en prit une et l'examinait, intriguée, lorsqu'une pensée la bouleversa : « Papa ! Où donc est passé papa ? »

L'avait-on séparé et emporté pendant la nuit, parce qu'il était trop souffrant ?

Elle se rendit compte soudain, avec un peu de retard – mais tout le monde n'a-t-il pas le droit d'être un peu lent le matin ? –, que la mystérieuse métamorphose nocturne s'était poursuivie : elle n'était plus la gamine de la veille mais une splendide jeune femme de dix-huit ans, avec de longs cheveux blonds qui se répandaient sur l'oreiller.

Elle était éberluée !

Elle avait dormi à plat ventre. Se redressant, elle découvrit qu'elle avait maintenant des seins, de très beaux seins bien droits et bien galbés, mais surtout... qu'elle était encore attachée par le ventre à son père ! Seulement, il avait rétréci autant qu'elle avait allongé !

Elle pouvait apercevoir le sommet de sa tête juste sous ses seins. Il avait maintenant la taille d'un poupon de six semaines !

Elle n'en revenait pas !

Une horrible question traversa son esprit : et s'il était mort pendant la nuit... ?

– Papa, dit-elle, réveille-toi !

Il demeura muet. Elle souleva délicatement sa tête, qui était couverte d'un joli duvet blond, comme la sienne lorsqu'elle était bébé, et l'appela de nouveau. Comme il ne réagissait pas, elle pensa, atterrée : « J'ai dû l'écraser. Je l'ai étouffé pendant la nuit ! J'ai tué mon père ! C'est horrible ! »

Mais, au moment où elle prononçait ces paroles désespérées, Ulysse ouvrit les yeux et leva la tête. Il reconnut tout de suite sa fille, malgré sa transformation. Elle était le portrait tout craché de sa mère ! Il sourit de ses lèvres luisantes de poupon et Tatiana vit qu'il était complètement édenté. Mais elle le trouva beau quand même, emplie pour lui d'un soudain amour maternel. C'était son père, après tout, même s'il avait maintenant l'air d'un nouveau-né !

Ulysse regarda ses petites mains et ses bras délicats : la terrible transformation s'était poursuivie et même en arrivait probablement à sa conclusion puisqu'il ne pouvait guère diminuer beaucoup plus sans se résorber complètement !

Heureusement, et fort bizarrement, il avait conservé, du moins lui semblait-il, la même conscience que la veille.

– Tatiana...

Il était étonné de la voir si grande, si belle aussi, avec tous les attributs d'une femme, alors qu'elle avait à peine six mois !

– Oui, papa...

– Il ne faut pas rester ici. Il faut retourner immédiatement chez le docteur Fatus.

Sa voix, curieusement, était restée la même, une voix très virile, très sonore, une voix d'homme mûr, en somme, qui présentait un contraste amusant avec sa physionomie de bébé.

– Oui, papa, je comprends, dit Tatiana.

Elle retira le soluté, mais, ce faisant, elle actionna un voyant lumineux qui informait le poste de garde que quelque chose clochait.

Puis elle se leva et fut surprise de voir la longueur de ses propres jambes, qui étaient très fines.

Elle s'étonna aussi de porter son petit papa sur son ventre, comme il l'avait portée les derniers jours. Curieux retour des choses!

Elle était nue, et son père avait perdu le caleçon dans lequel on l'avait couché la veille. Elle ne pouvait pas sortir ainsi de la chambre car on la repérerait au bout de trois pas.

Problème épineux, qu'elle n'eut pas le temps de régler : elle entendit des pas qui s'approchaient.

Elle s'empara d'une chaise, qu'elle souleva au-dessus de sa tête pour ensuite se poster derrière la porte. Lorsque l'infirmière, une quadragénaire plutôt boulotte, fit son entrée quelques secondes plus tard, elle eut juste le temps d'écarquiller les yeux en découvrant qu'une jeune femme nue, un bébé accroché au ventre, l'attendait avec une chaise. Tatiana l'assomma d'un seul coup.

– Désolée, dit-elle.

– Bien fait! commenta Ulysse.

La débrouillardise de sa fille l'emplissait de fierté.

Tatiana retira l'uniforme de l'infirmière inconsciente et le passa en vitesse. Il était trop grand pour elle, ce qui était une bonne chose car on ne pouvait pas dire que Tatiana portait sur son ventre un poupon de six semaines. Elle avait seulement l'air un peu grasse, un peu carrée, comme du reste la propriétaire de l'uniforme. Pour permettre à son père de respirer, elle n'avait pas refermé les deux derniers boutons, si bien qu'on distinguait très bien la naissance des seins.

Elle allait quitter la chambre lorsque son père l'arrêta.

– Tu oublies l'argent.

– L'argent ? Mais pourquoi ?

– Parce que si tu n'as pas d'argent, tu ne pourras rien faire...

– Mais on n'a qu'à aller en chercher à la banque !

Elle avait beau avoir vieilli, elle conservait encore un raisonnement d'enfant. Mais comment le lui reprocher ?

Dans la poche du pantalon paternel suspendu dans le placard, elle retrouva la centaine de dollars qui constituaient toute la fortune de son petit papa. Elle les empocha, puis aperçut sa poupée Elmo et poussa un soupir attendri.

– Oh ! Tatou, je pensais que tu avais été confisqué par les méchants.

Elle prit la poupée dans ses bras.

– Non, trancha son père. Pas d'Elmo ! On a eu déjà assez d'ennuis à cause de lui !

Elle ne protesta pas. Après tout, elle n'était plus une petite fille maintenant... Il fallait refermer la porte sur son enfance, laisser derrière elle ses inutiles jouets...

Elle quitta la chambre. Il était temps, car l'infirmière semblait revenir à elle. Elle remuait, entrouvrait les yeux.

Dans le corridor, Tatiana s'étonna de pouvoir déchiffrer elle-même, sans le secours de son père, les panonceaux indiquant la sortie. Sans avoir jamais dû peiner sur les bancs de l'école, elle savait lire, comme les gens d'esprit, qui, selon Molière, savent tout sans avoir jamais rien appris. Son père lui avait en une seule nuit communiqué cette science précieuse, qui devenait chez elle comme la science infuse...

Bardée de cette faculté inattendue et d'un peu de chance, Tatiana se débrouilla à merveille, et tout se passa bien jusqu'à ce qu'elle arrive en vue de la porte de l'hôpital.

Un infirmier qui aimait les femmes remarqua ce que ses confrères n'avaient pas remarqué : la petite nouvelle était bien belle et portait l'uniforme de manière bien plus sympathique que ses collègues plus âgées. La naissance de ses seins fit germer dans son esprit des pensées qui ne l'empêchèrent pas de noter un détail curieux : la sémillante infirmière ne portait pas de souliers ! Tatiana, en effet, n'avait pas cru bon d'enfiler ceux de l'infirmière assommée !

L'infirmier l'interpella. Elle se retourna, lut l'interrogation sur son visage, et, au lieu de répondre, pressa le pas.

– Hé ! vous, appela-t-il de nouveau. Qu'est-ce que vous faites ? Arrêtez !

Au lieu d'obtempérer, elle se mit à courir et l'infirmier la prit en chasse.

14

– Saute dans un taxi ! dit son père à Tatiana lorsqu'elle eut franchi la porte de l'hôpital.

Il y avait trois ou quatre voitures qui faisaient la queue à la porte en attendant les clients. Ulysse avait détaché un autre bouton de l'uniforme de manière à voir ce qui se passait autour de lui et, en se tordant un peu le cou, il y arrivait.

– D'accord, dit Tatiana.

– Non, pas la portière avant, la portière arrière, conseilla Ulysse, qui dirigeait tant bien que mal les opérations comme un petit caporal.

Tatiana se plia à l'exigence paternelle, qu'elle trouva pourtant un peu curieuse. Elle ignorait encore bien des banalités de l'existence et Ulysse devait presque tout lui dire.

Lorsque le chauffeur, un Italien vigoureux, lui demanda où elle voulait aller, elle demeura interdite. Elle ne savait vraiment pas quoi lui répondre et elle ne savait pas plus pour quelle raison il lui souriait, les yeux brillants, la bouche entrouverte comme un prédateur. Mais lui le savait : elle était toute déboutonnée et, de plus, ses seins au galbe magnifique étaient visiblement nus sous son uniforme. Quelle aubaine en ce matin torride et trop tranquille !

– Alors, vous voulez aller où, au juste, ma petite madame ? répéta-t-il.

Et il suggéra :

– Ça vous dirait de venir prendre un petit café avec moi ?

Tatiana ne savait toujours pas quoi répondre. Si elle se rappelait vaguement l'endroit où habitait le docteur Fatus – pas loin de la jolie boutique de jouets où elle avait découvert Elmo ! –, elle ignorait son adresse et elle préférait ne pas interroger son père, parce que, bien entendu, elle risquait d'être découverte...

L'infirmier qui la poursuivait apparut alors sur les marches de l'entrée. Ulysse l'aperçut. Il n'avait plus le choix. Gardant la tête enfouie, il dit, de sa grosse voix d'homme :

– Quarante et un, Maplewood, à Outremont. Et vite, s'il vous plaît !

Le chauffeur de taxi ouvrit la bouche, désarçonné. Il s'était fait posséder comme un amateur. Sa belle cliente était un travesti ! Il aurait dû s'en douter. Il faisait le *Redlight* et le village gai tous les soirs pour y déposer discrètement des touristes ou des petits messieurs à la recherche de nouvelles expériences. Si son père le voyait : lui qui, en vrai Italien, était censé avoir un instinct infaillible pour les femmes !

– Pas de problème, ma...

Il escamota la fin de sa phrase, ne sachant plus s'il devait dire « madame » ou « monsieur »... Il démarra en trombe juste à temps et laissa derrière lui l'infirmier qui poursuivait Tatiana.

Ulysse soupira : ils avaient encore une chance. Mais, quelques minutes plus tard, lorsque le domestique ouvrit la porte et que Tatiana demanda si elle pouvait voir le réputé chirurgien, l'espoir d'Ulysse s'amenuisa.

– Non, mademoiselle, vous ne pouvez pas le voir.

– Il me connaît. C'est très important. Dites-lui que son ami Ulysse tient absolument à le voir.

– Son ami Ulysse ?

– Oui, enfin, la fille de son ami Ulysse, si vous préférez...

– Le docteur Fatus est à New York. Il a été appelé d'urgence hier, pour opérer des siamoises en danger de mort. Il m'a dit de dire à Ulysse qu'il s'occuperait de son cas dès son retour.

15

– Qu'est-ce qu'on va devenir ? demanda avec angoisse Tatiana, sur le seuil de la porte.

– Je ne sais pas. Je ne sais vraiment pas..., laissa tomber Ulysse.

Il tentait de dissimuler son découragement, qui était grand. Il lui semblait qu'avec l'absence du docteur Fatus ses derniers espoirs de « guérison » s'étaient envolés.

C'était lui, le grand spécialiste.

Vers qui se tourner maintenant pour mettre fin à cette curieuse transformation ?

Et d'ailleurs n'était-il pas trop tard ?

– On devrait peut-être retourner à l'hôpital, suggéra Tatiana qui, pieds nus dans son uniforme d'infirmière, avec ses cheveux blonds qui lui descendaient jusqu'aux reins, avait l'air un peu bizarre, même si elle était très belle.

– Non, c'est inutile. Ils ne sauront pas quoi faire. Descends jusqu'à l'avenue Laurier. On va prendre un taxi et retourner à l'hôtel.

– L'hôtel ?

– Oui. L'hôtel des Voyageurs.

Obéissante, Tatiana marcha jusqu'à l'avenue Laurier, où elle tomba sur la même voiture de taxi.

Le chauffeur s'était arrêté quelques minutes pour remplir sa tasse de café, une tasse de plastique retenue au tableau de bord par un petit support fort commode qui résistait à tous les assauts de la route.

– Oh ! encore vous, dit le chauffeur, qui avait reconnu tout de suite Tatiana. On va où, cette fois-ci ?

– À l'hôtel des Voyageurs.

Lorsque le chauffeur entendit la voix très douce, très féminine de Tatiana, il sursauta, puis, comme il n'y comprenait rien, il se tourna vers son volant et s'empara de sa tassc dc café, qu'il vida d'une seule traite, se disant qu'il n'avait pas dû dormir assez la veille !

Il faisait horriblement chaud dans le taxi, si bien que Tatiana ouvrit la fenêtre. La situation était dramatique, il est vrai, mais Tatiana était jeune, elle découvrait le monde et le trouvait magnifique.

Le taxi emprunta le chemin de la Côte-Sainte-Catherine, puis tourna à droite, s'engageant dans l'avenue du Parc. Tatiana était enchantée : à sa droite s'élevait le mont Royal, avec ses arbres et ses sentiers, puis devant elle apparaissait le centre-ville, avec ses nombreux gratte-ciel...

Ce que la plupart des gens de son âge trouvaient banal, elle s'en émerveillait. Elle était à l'aube de sa vie... Ses cheveux exaltés flottaient au vent et sa peau recevait la caresse du soleil...

Son seul regret était que son père ne puisse partager son émerveillement.

Elle se trompait : Ulysse voyait lui aussi le mont Royal, les gratte-ciel de la ville...

Mais il ne s'en extasiait pas. Non pas que ses yeux de poupon fussent trop vieux, mais parce qu'il était follement inquiet. Son nez était plongé entre les seins de Tatiana, si bien qu'il était impossible qu'il puisse voir ce que sa fille admirait.

Alors, que lui arrivait-il ?

Hallucinait-il ? Était-il en train de devenir fou ?

On aurait dit que, par un mystérieux jeu de vases communicants, il était entré dans la tête de sa fille, ce qui était plutôt troublant. Où était-il, en effet, pendant ce temps ?

N'était-il pas en train de disparaître littéralement, de se perdre, de se fondre en Tatiana, comme son sang semblait se transvaser dans ses veines ?

Ne serait-il bientôt plus qu'une coquille vide, dépourvue non seulement de chair mais aussi d'esprit ?

Mais la vision se dissipa.

Il ne vit plus que ce qu'il devait voir : la poitrine de sa fille.

Pourtant, quelques minutes plus tard, rue Sainte-Catherine, là où Ulysse avait suggéré à Tatiana de se promener un peu avant de rentrer à l'hôtel, le phénomène se produisit de nouveau.

Dans la chaleur étouffante, Tatiana avait détaché deux autres boutons de son uniforme, et on pouvait voir non seulement ses seins mais aussi la petite tête d'Ulysse. Elle contemplait une vitrine qui affichait une photo de son idole, Madonna. Et Ulysse tout à coup eut la vision de la diva, qu'il ne regardait même pas, comme s'il pouvait voir par les yeux de sa fille.

Il tourna la tête le plus possible et aperçut alors la vitrine, puis Madonna. Ses yeux s'écarquillèrent.

Un passant s'était immobilisé devant la même vitrine. Madonna le laissait indifférent, mais pas la belle infirmière un peu délurée qui avait si curieusement déboutonné son uniforme et laissait voir ses très beaux seins...

Le passant, visiblement un homme d'affaires à en juger par son complet et sa mallette, aperçut alors la tête d'Ulysse et en conclut que la jeune femme devait allaiter son bébé, d'où la nudité de sa poitrine, d'où ce sans-gêne étonnant.

– Vous aimez Madonna? demanda-t-il pour briser la glace et prolonger cette délicieuse surprise matinale.

Tatiana se tourna vers le passant, un quinquagénaire au crâne dégarni et qui portait sur un nez aquilin des lunettes rondes derrière lesquelles de petits yeux jetaient leur regard terne.

– Je l'adore, avoua-t-elle avec un enthousiasme candide. Quand je serai grande, je vais devenir une chanteuse comme elle!

– Ah! c'est bien, c'est même très bien, dit-il en lui souriant, découvrant de vilaines dents.

La maternité aurait dû lui inspirer une chaste admiration mais elle ne chassait pas ses pensées lubriques. Il reluquait constamment les seins de Tatiana, qui ne semblait pas s'en formaliser. Il s'excitait, et ses yeux éteints se mirent à briller. Elle était idiote, cette infirmière, ou en tout cas pas normale. La preuve – il venait de le remarquer –, elle était nu-pieds rue Sainte-Catherine.

Il se frotta les mains : ce serait une proie facile. C'était sans doute une pauvre mère abandonnée qui arrivait de la campagne pour refaire sa vie.

Pourquoi ne pas l'inviter à prendre un café, peut-être même à monter – et gratuitement en plus! – dans une des nombreuses «chambres de touristes» de la rue ? Mais il y avait la présence gênante de ce petit bébé, bien entendu.

– Il est joli, votre bébé. Il a quel âge, au juste ?

Le passant tendit la main vers la petite tête d'Ulysse pour l'amadouer et peut-être pour frôler au passage les seins de Tatiana. Ulysse se tourna et comprit tout de suite le petit jeu de l'homme d'affaires.

– Bas les pattes, espèce de vieux porc ! ordonna-t-il de sa grosse voix d'adulte.

Le passant fut si abasourdi qu'il tourna les talons et déguerpit sans demander son reste. Ulysse eut un sourire. C'était bien fait.

– Pourquoi lui as-tu demandé de partir ? demanda Tatiana.

Il fallait faire son éducation sentimentale en commençant par le commencement, ce qui était normal car elle n'en avait jamais eu : elle n'avait de l'amour qu'une expérience de six mois…

– Parce qu'il n'avait pas de bonnes intentions à ton endroit. Il regardait constamment tes seins. D'ailleurs, rattache-toi un peu !

– On meurt de chaleur !

– Peu importe. Il ne faut pas que tu laisses les hommes regarder tes seins comme ça. Les femmes non plus d'ailleurs. Personne.

– Pourquoi ?

– Parce que ce n'est pas bien. Il faut que tu montres tes seins seulement à ton mari.

– Mon mari ?

– Oui. L'homme que tu vas épouser, ton fiancé. Tu comprends ?

– Je comprends.

Mais, quelques minutes plus tard, alors qu'ils avaient repris leur balade ou, pour mieux dire, leur errance matinale, car Ulysse cherchait dans le mouvement une inspiration salvatrice, Tatiana ne fut plus bien certaine de comprendre. Ils s'approchaient en effet d'une prostituée qui travaillait le matin et qui ouvrit sa chemise devant un éventuel client, exhibant des seins fatigués.

– Est-ce que tu sors, mon chou ? demanda-t-elle d'une voix rauque.

– Est-ce que c'est son mari ? demanda Tatiana avec un sourire charmé.

– Euh... non...

– Alors, pourquoi elle lui montre ses seins ?

– Parce que c'est une fille de joie.

– Oh ! c'est un joli nom, une fille de joie.

– Mais ce n'est pas un joli métier ! la rabroua son père, irrité.

– Pourquoi ?

– Parce que c'est une femme qui fait l'amour avec un homme pour de l'argent.

– Ah bon... !

Et comme, visiblement, elle n'avait pas compris et qu'il n'avait ni l'envie ni le temps de lui expliquer, il se contenta d'ajouter :

– Il faut seulement faire l'amour avec quelqu'un qu'on aime.

– Quand est-ce qu'on sait qu'on aime quelqu'un ?

– Quand ça va t'arriver, tu vas t'en rendre compte. Ça ne trompe pas.

– Je vois...

Ils marchèrent encore et encore et encore. Comme le paysan de Paris, Tatiana donnait l'impression, en se promenant rue Sainte-Catherine qui n'était pourtant pas les Champs-Élysées, de fouler les allées de quelque Louvre à ciel ouvert. Tout brillait à ses yeux de l'éclat incomparable de la nouveauté. Même ce qui était laid était beau, et pourtant la rue Sainte-Catherine ne manquait pas de clairs objets de laideur. Tatiana était Mercure : la magique énergie de la jeunesse donnait des ailes à ses pieds nus.

Ulysse paraissait plus jeune, mais le poids de la vieillesse l'accablait. Et même si ce n'était pas lui qui marchait, même s'il n'avait qu'à se laisser porter par cette merveilleuse infirmière qu'était devenue sa fille, il ressentit bientôt une extrême lassitude.

– Allons à l'hôtel, maintenant. Je me sens faible.

Elle pressa le pas, et trouva sans peine l'hôtel. Au comptoir, lorsque le tenancier lui dit qu'elle aurait la chambre 24, elle le remercia avec autant d'effusion que s'il venait de lui annoncer qu'elle gagnait le million.

Tournant les talons, elle se dirigea vers la porte de l'ascenseur. Il la regarda s'éloigner et remarqua qu'elle ne portait pas de souliers. C'était vraiment une fille excentrique, à moins qu'elle ne fût une droguée, comme il y en avait tant dans le quartier. Pourtant, elle avait l'air d'une fille saine, avec sa peau éclatante, son large sourire. Il la rappela.

– Mademoiselle...

– Oui?

Il tendit dans sa direction la clé de la chambre, qu'elle avait oublié de prendre. Elle ne réagit pas. Pourquoi lui montrait-il cette clé? Décidément, pensa le tenancier, cette jeune fille était bien étrange...

– Vous oubliez votre clé.
– Non, je n'ai pas oublié ma clé.
– Je veux dire la clé de votre chambre.
– Ah bon! merci.

Elle revint vers le comptoir et récupéra la clé. Le patron la regarda s'éloigner en soupirant.

– Maudite drogue!

Dans la chambre, Ulysse se plaignit de nouveau :

– Je ne me sens pas bien. Je ne sais pas ce que j'ai.

– Peut-être que tu as faim, mon petit papa.
– On a mangé il y a une heure.

C'était une façon de parler, du moins pour lui, car il avait effectivement dégusté un milk-shake aux fraises, ce qui était quand même moins déprimant que la purée pour bébé que son absence de dents l'aurait normalement condamné à manger.

– Assieds-toi à la table, là, demanda Ulysse.

Il désignait une petite table mise à la disposition des clients. Tatiana s'y assit.

– Donne-moi du papier et un stylo.

Elle obéit.

Et, du mieux qu'il put, en appuyant la feuille entre les seins de Tatiana, il écrivit une lettre assez brève. Tatiana à tout bout de champ protestait qu'il la chatouillait. Et comme il n'y pouvait rien, il lui répétait qu'il avait presque terminé. Lorsque ce fut fait, il lui demanda une enveloppe, dans laquelle il glissa la lettre et sur laquelle il écrivit simplement : « Ève. »

– Tiens, dit-il, tu remettras cette lettre à ta mère quand…

– Quand quoi, papa ?

– Euh… quand nous la verrons.
– Et nous la verrons quand ?
– Bientôt.
Il réprima un bâillement. Il était très fatigué, comme si la simple rédaction de cette brève lettre avait épuisé ses ultimes réserves.
– Maintenant, j'aimerais dormir…
– En es-tu bien sûr, mon petit papa ? Chaque fois que tu as dormi, il y a tellement de choses qui se sont passées…
– Cette fois, il n'arrivera rien. De toute manière, ce n'est pas une petite sieste qui va me tuer, ajouta-t-il d'un ton plaisantin.
– Tu es sûr ?
Il leva vers elle sa petite tête qui était couverte d'un pâle duvet blond comme celle d'un poupon. Elle le regarda dans les yeux. Il baissa les paupières comme s'il était incapable de soutenir son regard, comme s'il craignait qu'elle ne lise dans sa pensée, parce que peut-être qu'il lui avait menti et qu'il savait des choses qu'elle ne savait pas, des choses qu'elle ne devait pas savoir, parce qu'elle n'avait que dix-huit ans, parce qu'elle n'avait que six mois…
Il faisait chaud dans la chambre. Le climatiseur n'avait toujours pas été réparé. Tatiana retira son uniforme et s'allongea sur le dos avec son petit papa attaché à son ventre.
Elle le regarda avec attendrissement.
Son petit papa… qui était plus petit qu'elle…
Comme la vie était étrange !
Juste avant qu'il ne sombrât dans le sommeil, Ulysse lui dit, d'une voix grave :
– Quoi qu'il arrive, n'oublie jamais que je t'aime, ma belle Tatiana.

– Moi aussi, je t'aime, papa.

Il esquissa un sourire et ferma aussitôt les yeux.

Son petit papa… qui était maintenant comme son enfant… et qui dormait sur son ventre, près de ses seins, comme si elle venait de l'allaiter…

Un instant, elle s'interrogea : pourquoi lui avait-il dit d'une manière si sérieuse, presque dramatique : « Quoi qu'il arrive, n'oublie jamais que je t'aime » ?

Comme s'il allait forcément lui arriver quelque chose…

Mais, encore jeune, elle n'avait guère l'habitude de réfléchir. Et puis elle aussi était lasse, parce que c'est épuisant de devenir si vite une adulte, sans compter qu'il restait dans son sang, comme dans celui de son père, des traces de sédatif…

Aussi ferma-t-elle bientôt les yeux.

Leur sieste se prolongea bien plus qu'Ulysse ne l'avait prévu car, lorsque Tatiana se réveilla, le soleil se couchait. Il était vingt heures et demie.

Une furieuse envie d'uriner qui la tenaillait l'avait probablement tirée du sommeil, et, encore à moitié endormie, elle se leva et gagna en vitesse les toilettes de la chambre.

Une fois soulagée, elle se releva et fit alors une horrible découverte : elle ne portait plus son père sur son ventre. Il avait complètement disparu !

Naturellement, elle pensa qu'il avait continué à rétrécir pendant son sommeil et qu'à la fin il s'était complètement résorbé en elle. Elle examina son abdomen et se rendit compte, ce qui était une horrible confirmation de sa supposition, qu'elle portait autour du nombril une mince cicatrice circulaire, trace évidente de cette excroissance de chair qui l'avait reliée à son père pendant cette curieuse métamorphose.

Ainsi donc, son père n'était plus! Il était mort!

Et elle était orpheline!

Il savait, elle en était sûre, ce qui allait lui arriver, et c'était pour cette raison qu'il avait prononcé avant de s'endormir ces paroles mystérieuses et prophétiques.

« Quoi qu'il arrive, n'oublie jamais que je t'aime. »

Ses yeux se mouillèrent de larmes de rage et de désespoir. Elle s'en voulait. Comme elle avait été stupide de ne pas se rendre compte de ce qui se passait vraiment, de ne pas comprendre que son père lui avait fait ses adieux!

Pourquoi l'avait-elle laissé dormir? Pourquoi ne l'avait-elle pas tout de suite conduit à l'hôpital, où on l'aurait immédiatement opéré et sauvé? Mais non, elle avait stupidement obéi à son père et elle s'était laissé gagner par un sommeil assassin...

Elle regagna la chambre, ne sachant trop quoi faire maintenant, complètement bouleversée par la disparition de son père, qu'elle avait si peu connu et auquel pourtant elle était attachée comme si elle avait réellement vécu dix-huit ans...

Elle s'effondra de tout son poids sur le lit, et elle sanglotait dans son oreiller lorsqu'elle se rendit compte, non sans une certaine frayeur, que, juste à côté, à quelques centimètres à peine de son visage, le drap se soulevait mystérieusement, comme si un petit animal en était prisonnier.

– Papa?

Aucune réponse, mais le drap continuait curieusement de se mouvoir.

Après une brève hésitation, elle souleva le drap en retenant son souffle. Son père était là, étendu sur le dos, encore vivant, car il agitait sa petite main droite. Sa taille n'avait pas changé. Il avait encore l'air d'un poupon de six semaines, mais il semblait fort mal en point. Son visage affichait une pâleur mortelle, son front était baigné de sueur, et ses paupières, à demi closes, laissaient entrevoir des yeux fiévreux.

– Papa ! Tu es encore vivant ! Ah ! si tu savais comme tu m'as fait peur...

D'ailleurs, brusquement, elle se réjouissait. Si son père était enfin séparé d'elle, c'était que leur terrible épreuve commune était terminée. La métamorphose avait pris fin...

– Papa ! Allez, ouvre les yeux, maintenant ! Tu es sauvé ! Nous sommes séparés, maintenant. Nous allons avoir une vie normale. Je vais m'occuper de toi...

Il ne réagissait pas. Elle toucha son front, qui était brûlant, et courut aux toilettes, dont elle revint en toute hâte avec une débarbouillette humectée d'eau froide, qu'elle lui passa délicatement sur le visage.

Enfin, Ulysse ouvrit les yeux, des yeux brumeux, mais dans lesquels semblait briller une sorte de joie : la joie de retrouver sa fille...

– Papa ! dit-elle en le soulevant dans ses bras et en l'embrassant. Oh ! si tu savais comme tu m'as fait peur ! Si tu savais...

S'abandonnant à son allégresse et à son soulagement, elle se mit à tournoyer, et c'était une curieuse chose à voir que cette grande jeune femme nue et sculpturale dansant dans cette minable chambre d'hôtel avec dans ses bras ce poupon qui était son père...

Elle se calma enfin et posa son père sur le lit. Elle constata qu'il avait encore fort mauvaise mine.

– Papa, qu'est-ce que tu as ? Est-ce que je t'ai trop fait tourner ?

– Écoute-moi, dit-il avec une énergie nouvelle. Il faut que je te parle... Je... je n'en ai plus pour longtemps, maintenant.

– Pourquoi dis-tu ça ?

– Parce que je le sais...

– Mais papa, voyons, tu es guéri maintenant. Nous allons commencer une nouvelle vie... Tu vas grandir, ça va être amusant, je vais t'élever comme si tu étais mon enfant...

Il eût bien aimé répondre à son enthousiaste proposition, mais, à la place, il se mit à vomir de la bile.

– Papa ! hurla Tatiana, terrifiée, qu'est-ce que tu as ? Qu'est-ce que tu as ?

Il ne répondit pas et il ferma les yeux, étourdi, à bout de forces. Tatiana passa alors en vitesse son uniforme d'infirmière, langea son père dans une serviette de bain et se précipita vers l'hôpital.

– Plus vite, s'il vous plaît, plus vite, je vous en supplie ! réclamait-elle à toutes les dix secondes à un chauffeur de taxi visiblement dépassé par la situation.

– Je fais ce que je peux, madame...

Mais ce n'était pas suffisant, du moins aux yeux de Tatiana, parce que son père semblait au plus mal.

– Oh ! mon petit papa, il faut que tu tiennes le coup ! Nous allons être à l'hôpital dans cinq minutes, cinq petites minutes, et ensuite tout va bien aller, tu vas voir. Imagine toutes les choses extraordinaires que nous allons pouvoir faire ensemble...

Mais il n'imaginait rien. Il gardait les yeux fermés, et sa respiration semblait fort pénible, sans compter que des spasmes soulevaient parfois sa petite poitrine.

Le chauffeur de taxi fronça les sourcils. Est-ce que cette infirmière n'avait pas complètement perdu la tête pour appeler «papa» un tout petit bébé de quelques semaines à peine?

Ulysse ouvrit enfin les yeux, regarda Tatiana et esquissa un sourire. Elle soupira, soulagée.

– Oh! papa, je savais que tu reviendrais à toi...

Son sourire se prolongeait, dans lequel, pourtant, une tristesse pointait.

– Le matin, quand tu étais petite, dit-il d'une voix très faible, je te regardais souvent pendant que tu dormais. Ce que tu étais belle et ce que tu étais drôle! Lorsqu'il y avait un bruit dans la chambre, ou que tu rêvais, je ne sais pas, tu levais brusquement un bras en l'air, et tu le redescendais, très, très lentement...

– Je levais un bras en l'air pendant que je dormais? demanda-t-elle avec un étonnement amusé.

– Oui, comme ça...

Imitant le geste adorable de Tatiana, il leva le bras droit dans les airs, mais peut-être un peu trop brusquement car il grimaça et sa main retomba tandis qu'une terreur passait dans ses yeux.

Ses paupières se refermèrent et sa petite tête s'affaissa sur le côté, comme si son cou n'avait plus la force de la soutenir.

– Dépêchez-vous, dépêchez-vous! hurla Tatiana au chauffeur du taxi.

L'homme ne dit rien et accéléra, mais lorsqu'il arriva à l'hôpital, quelques minutes après, il était déjà trop tard...

Ulysse était mort.

Tatiana pleura longuement.

Elle avait tout perdu : son père était tout pour elle.

Les larmes, berceau de toute poésie, la poussèrent à exiger un stylo et du papier, comme son père l'avait fait un peu plus tôt dans la journée.

Et, comme en transe, écrivant pour la toute première fois de sa vie, elle nota, mais dans un ordre différent de ceux du poète de génie, ces vers immortels :

Je suis le Ténébreux, – le Veuf, – l'Inconsolé,
Le Prince d'Aquitaine à la Tour abolie.
Rends-moi le Pausilippe et la mer d'Italie,
Dans la nuit du Tombeau, Toi qui m'as consolé...

Lorsqu'elle déposa le stylo, Tatiana pensa que plus tard elle écrirait d'autres vers, mais ce seraient des vers plus durs et plus secs, avec des roses de plastique et de verre, parce que c'était maintenant l'âge du fer : il fallait parler comme Madonna...

Elle relut ce qu'elle avait écrit à la volée.

Que pouvaient donc signifier ces vers ?

Elle n'aurait su le dire – mais différait-elle en cela de tant d'autres poètes ?

Le Pausilippe...

Comment aurait-elle pu deviner, elle qui n'avait jamais voyagé, que c'était un promontoire près de

Naples, et surtout une grotte célèbre qui abriterait, disait-on, le tombeau de Virgile ?

Le prince d'Aquitaine…

Le seul prince qu'elle eût connu, c'était son père, qui était son roi, parce qu'elle était sa reine…

Mais il était mort maintenant, pauvre prince noir que le destin avait déjoué, et, même s'il n'était parti que depuis quelques heures, Tatiana trouvait que c'était bien long et déjà elle s'ennuyait et se demandait comment elle ferait pour le reste de sa vie, qui devait être au moins quatre ou cinq fois plus long, selon ses estimations de fille de dix-huit ans qui n'avait que six mois. Mais elle découvrirait bien assez tôt combien dure vraiment une heure loin de l'être qu'on aime.

16

Au salon funéraire, quelques jours plus tard, c'était curieux de voir les gens se presser autour du petit cercueil où était exposé le corps d'Ulysse, le corps d'un enfant de six semaines. Une photo de lui à l'âge adulte avait bien été placée en évidence, mais cette précaution n'avait fait qu'ajouter à la confusion.

Lorsque vint le temps de refermer le cercueil, ce qui est toujours un des moments les plus tristes même si le mort est mort depuis longtemps, Tatiana poussa un grand cri :

– Papa ! Papa ! Non... !

Sa mère, qui se tenait à côté d'elle, serra son bras pour la soutenir dans l'épreuve. Elle en voulait mortellement à Ulysse de lui avoir volé sa fille, et, pire encore, l'enfance de sa fille. Elle qui avait tant voulu avoir un enfant pour le dorloter, le serrer dans ses bras, elle se retrouvait maintenant avec une fille de dix-huit ans sur les bras, une véritable adulte qui n'avait plus vraiment besoin d'elle et quitterait peut-être la maison dans six mois !

Pourtant, lorsque les croque-morts emportèrent le cercueil, elle laissa échapper une larme. Après tout, elle avait aimé Ulysse. Elle avait eu, un temps, un rêve avec lui. Et puis il serait toujours le père de Tatiana...

Puis vint le moment de mettre en terre le cercueil. Des gens jetaient des roses, et Ulysse sans doute aurait aimé ce geste...

Dans la nuit du Tombeau, Toi qui m'as consolé,
Rends-moi...
Et la treille où le Pampre à la Rose s'allie.

Incapable de supporter ce spectacle, les joues baignées de larmes, Tatiana se retira en répétant constamment : «Mon petit papa est mort, mon petit papa est mort.»

Elle avait laissé sa mère au-dessus du trou affreux avec son vieux mari à l'œil sec qui, homme d'affaires jusqu'au bout des ongles, voyait un bénéfice en toute chose : il était débarrassé à tout jamais de son rival.

Alors, Tatiana se rappela que, dans la douleur et la confusion de ce décès soudain, elle n'avait pas tenu la promesse faite à son père. Elle n'avait toujours pas remis à sa mère la lettre qu'il lui avait écrite. Dix fois elle avait voulu le faire, et dix fois un empêchement avait surgi, ou encore elle avait oublié.

Mais ce n'était pas grave. Elle avait la lettre, là, dans sa poche. Elle l'en tira et contempla l'unique mot qui y était écrit : «Ève»...

Comme son père avait une jolie écriture!

Et si elle ouvrait l'enveloppe et lisait toute la lettre, pour jouir plus amplement de la calligraphie de son père? Ce ne serait pas un crime bien grave, et cela, du reste, la consolerait peut-être de son immense chagrin. Cela lui donnerait l'impression de parler encore une fois avec son père, ou, en tout cas, de l'entendre parler une dernière fois, même si c'était à sa mère qu'il s'adressait…

Après une ultime hésitation, elle ouvrit la lettre et lut :

Ève,

Lorsque tu liras cette lettre, je serai déjà mort. C'est notre fille qui te l'aura remise, selon mes instructions.

Je lui ai raconté à notre sujet une histoire bien différente de notre vraie histoire, si du moins j'ai jamais su ce qui était vraiment arrivé entre nous…

Je ne lui ai pas dit que tu étais partie en me l'enlevant, ou plutôt, soyons juste, en ne me la laissant que quatre jours par mois.

Si Tatou t'en parle, raconte-lui la même histoire que moi, pour qu'elle croie qu'on s'est aimés d'un grand amour, pour qu'elle croie que nous étions tout l'un pour l'autre et que seul le destin nous a séparés, car sinon je crains qu'elle ne croie plus à l'amour et ce serait bien dommage, parce qu'elle a juste dix-huit ans et, comme on dit, toute la vie devant elle.

Donc, je t'en prie, raconte-lui la même histoire que moi : que tu étais seulement partie en voyage pour te reposer, parce que c'est très fatigant d'être une maman. La seule chose qui compte, c'est qu'elle soit heureuse… Elle a tout ce qu'il faut car elle est intelligente et belle, comme toi…

Je regrette tout le mal que je t'ai fait et tout le mal que j'ai fait à Tatiana, qui ne saura jamais ce que c'est que d'avoir sept ans, qui ne saura jamais ce que c'est que d'avoir treize ans, parce qu'elle est déjà une jeune femme...

Si tu y penses parfois, dis-lui combien je la trouvais belle et combien je l'aimais, et que, s'il n'y avait pas eu toi dans mon cœur, il n'y aurait eu qu'elle...

Adieu.
Ulysse.

Le visage de Tatiana se décomposa. La vérité était insupportable.

Tout ce qui était arrivé était arrivé par la faute de sa mère. Parce qu'elle avait quitté son père. Et qu'elle avait voulu lui arracher sa fille.

Alors, une rage immense monta en elle.

Elle se précipita sur sa mère et lui jeta la lettre froissée au visage en hurlant, à la surprise générale :

– Je te déteste ! Je te déteste ! Je sais la vérité, maintenant. Je sais pourquoi papa est mort... C'est ta faute ! Tout ce qui est arrivé, c'est ta faute !

Elle faisait pleuvoir les coups sur sa mère et celle-ci était si interloquée qu'elle ne se défendait même pas. C'était son mari qui devait le faire pour elle, s'efforçant de la protéger de ses bras robustes.

– Je ne te pardonnerai jamais ! Jamais, tu m'entends ? criait Tatiana. Je te déteste ! Tu n'es plus ma mère !

Elle tourna les talons et s'enfuit.

Ève ramassa la lettre, la lut, et comprit la colère subite de sa fille.

– C'est épouvantable, laissa-t-elle tomber en portant la main à sa bouche, elle ne me le pardonnera jamais…

Et pourtant…

Tatiana n'avait pas fait cent pas qu'elle entendit une voix lui dire :

– C'est ta mère, il faut que tu lui pardonnes. Elle ne savait pas, elle a fait cela par amour pour toi…

Tatiana s'immobilisa, et, en se retournant, elle dit, avec un espoir nouveau, comme si rien n'était perdu, comme si tout pouvait recommencer :

– Papa ?

Moralité
ou testament du poète

Ainsi s'achève, ami lecteur, la triste histoire de Tatiana et d'Ulysse. Elle te paraît peut-être une simple fantaisie, même un grimoire, mais ne la prends pas à la légère, je t'en prie. Tout conte digne de ce nom est un voyage vers le bonheur. Alors, toi qui viendras après moi, qui aimeras, qui souffriras, qui auras des enfants mendiants ou rois, comprends, je t'en prie, le sens de cette allégorie.

De même que la haine de deux familles rivales conduisit à la mort les célèbres amants de Vérone, de même la folie de deux parents vola son enfance à leur fille, car ce qu'on enlève à l'autre, c'est à soi qu'on l'enlève. Le seul amour qu'on emporte est celui que l'on donne. C'est la Règle d'Or et c'est aussi mon testament.

14 novembre 1998 – 14 février 1999,
jour de la Saint-Valentin.